LA CRUELDAD POR EL HONOR

Juan Ruiz de Alarcón

PERSONAS QUE HABLAN EN ELLA:

- PEDRO Ruiz de Azagra, galán
- SANCHO Aulaga, galán
- Don RAMÓN, galán
- El señor de MOMPELLER, galán
- NUÑO Aulaga, viejo grave
- ZARATÁN, gracioso
- La REINA Petronilla, dama
- Doña TEODORA, dama
- TERESA, dama
- BERENGUEL, galán
- El PRÍNCIPE don Alfonso, niño
- El CONDE de Urgel, Viejo
- BERMUDO, viejo grave
- INÉS, criada de Teresa
- MOLINA, valentón
- VERA, valentón
- Un TROMPETA
- Un SECRETARIO
- ACOMPAÑAMIENTO
- SOLDADOS

ACTO PRIMERO

Sale ZARATÁN de caza, cojeando

ZARATÁN: ¡Ay! ¡Doy al diablo la caza;
que él sin duda la inventó!
¡Ay! ¿Que pudiéndola yo
cómodamente en la plaza
    de Zaragoza escoger,
sin arriesgar por seguilla
un cabello, una rodilla
me venga al campo a romper?
    ¿Que tan a costa y despecho
de su descanso, a la sierra
se parta un hombre a dar guerra
a un gazapo? ¿Qué me han hecho
    las liebres y los conejos?
Como mujer es quien da
en cazar, que a misa va
siempre a la iglesia más lejos.
    Pues si la caza se estima
por ser viva imitación
de la guerra, esa razón
la condena; que la esgrima
    a las pendencias imita,
y se ve ordinariamente
que en la blanca no es valiente
quien más la negra ejercita;
    y quien más use en la sierra
seguir el bruto cobarde,
confío menos que aguarde
a un enemigo en la guerra;
    que enseñarse a la conquista
de quien no sabe aguardar,
es enseñarse a extrañar
enemigo que le embista.

Dirá alguno, "Esa razón
cesa en la caza del oso,
que aguarda y es animoso,
y mata de un pescozón."
    Yo digo que es loco error,
por sólo gusto, arrojarse
donde puede ser ahogarse
el más diestro nadador;
    que si me arriesgo en la sierra
a morir por enseñarme,
¿pueden a más condenarme,
si voy bisoño a la guerra?

Sale NUÑO, de peregrino, bien tratado

NUÑO: Dadle por Dios, caballero,
a este peregrino...
ZARATÁN: Bien
manifiesta serlo quien
no ve que soy escudero.
    Mas, decidme, ¿en el olor
a un pobre no conocéis?
¿Qué me pedís? Si queréis
que con vos parta el dolor
    de esta pierna, que en el choque
de una peña me mostró
cuánto con Dios mereció
la rodilla de San Roque,
    tánto de él os puedo dar,
que claudicante quedéis;
y hacerme merced podéis,
pues que no os ha de estorbar,
    aunque al patrón galiciano
os destinéis, peregrino,
puesto que anda en su camino
tanto el cojo como el sano.
NUÑO: ¡Ojalá posible os fuera
partir conmigo el dolor,
pues fuera en ambos menor,

si en los dos se dividiera!
        Si no tenéis con qué hacer
la limosna que he pedido,
no importa; que no la pido
por haberla menester,
        sino porque mendigar
prometí.
ZARATÁN: ¡Gracias a Dios,
        que he visto un mendigo en vos,
        que pida sin porfiar!
NUÑO: No sólo no os he de ser
        importuno; mas me atrevo
        a partir de lo que llevo,
        si de ello os queréis valer.
ZARATÁN: ¿De dónde vino a Aragón
        tan liberal peregrino?
NUÑO: De la Tierra Santa vino
        a visitar al patrón
            de España.
ZARATÁN: ¿Sois español?
NUÑO: En el reino donde el pie
        estampo agora, gocé
        la luz primera del sol;
            y despierta esta ocasión
        en mí un natural cuidado
        de escucharos el estado
        de las cosas de Aragón.
ZARATÁN: Todo en discordias se abrasa...
        Pero mi dueño es aquél,
        y podréis saberlo de él,
        porque por sus manos pasa.
NUÑO: ¿Y quién es?
ZARATÁN: Es quien consagra
        a la fama en las historias
        con su valor mil vitorias;
        es Pedro Ruiz de Aragón,
          señor de Estela, y señor,
        si méritos dan justicia,
        del mundo.
NUÑO: Larga noticia

tengo de su gran valor.
   Mas mientras llega, decid,
¿quién florece en la opinión
de las armas de Aragón?
ZARATÁN: Sancho Aulaga es nuevo Cid.
NUÑO: (¡Ay, hijo de mis entrañas!) **Aparte**
ZARATÁN: Y es de suerte, que "el valiente"
le llaman públicamente
las gentes proprias y extrañas;
   y a ser por su nacimiento
más alto, fuera el mayor
de Aragón.
NUÑO: (Vuestro valor   **Aparte**
anima, Sancho, mi intento.
   Nuño Aulaga, vuestro padre,
hijo, os viene a levantar
hoy al cielo, y a vengar
la afrenta de vuestra madre.)
   ¿No es hijo ese Sancho Aulaga
de un Nuño Aulaga, a quien muerte,
al lado de Alfonso el fuerte,
dieron los moros en Fraga?
ZARATÁN: Ése mismo.
NUÑO: Y, ¿qué se ha hecho
su madre?
ZARATÁN: Doña Teodora,
madre de Sancho, hasta agora,
por no haberse satisfecho
   si su esposo es muerto o no,
seglar vive en un convento,
en cuyo recogimiento
Nuño Aulaga la dejó
   cuando a la guerra partía.
NUÑO: (¿Que aún vives, mujer infame? **Aparte**
Querrá el cielo que derrame
tu sangre en venganza mía.)

Sale PEDRO Ruiz, de caza

PEDRO: (El divertirme atormenta   **Aparte**
          más el alma enamorada,
          como la cuerda apartada
          vuelve al arco más violenta.)
               Zaratán.
ZARATÁN: Señor.
PEDRO: Rendido
          de correr dejo el caballo.
ZARATÁN: Mientras voy a paseallo,
          quedarás entretenido
            con este honrado romero,
          que desde la Tierra Santa
          mueve la devota planta
          a ver al patrón lucero
            de Galicia; y yo me obligo
          a que te ha de entretener,
          porque es viejo sin toser,
          y sin porfïar mendigo.
PEDRO: Su aspecto da a su persona
          clara recomendación.

                    Vase ZARATÁN

PEDRO: ¿De dónde sois?
NUÑO: De Aragón
          el reino ilustre corona
            la ciudad que es patria mía.
PEDRO: ¿Cuánto ha que a Jerusalén
          pasastes?
NUÑO: Canas se ven
          donde juventud lucía
            cuando de aquí me ausenté.
          veintiocho inviernos han dado
          hielo al río y nieve al prado
          después que al Asia pasé.
PEDRO: ¿Luego bien sabréis lo cierto
          de una dudosa opinión,
          que divulga en Aragón
          que está en el Asia encubierto

el rey don Alonso, aquél
que habrá esos años sitió
a Fraga, y que se perdió
en la batalla crüel
    que tuvo allí con el moro?
Pues como no pareciese
vivo, ni muerto pudiese
hallarse, aunque un gran tesoro
    por él su reino ofreció,
se dijo que despechado,
corrido y avergonzado,
ocultándose, pasó
    a Jerusalén; y es cierto
si esto es verdad, pues ha tanto
que estáis en el suelo santo,
que no se os habrá encubierto.

NUÑO: Yo, señor Pedro Ruiz,
sé del caso la verdad,
porque con su majestad
me hallé en la guerra infeliz
    de Fraga; y si de sabella
os solicita el cuidado,
de esta corona el estado
me decid, en cambio de ella.
    Y no os canséis de que intente
alcanzar este favor,
que de la patria el amor
provoca naturalmente.

PEDRO: Daros ese gusto quiero;
que puesto que me cansara,
a mayor precio comprara
lo que escucharos espero.

    Perdido el rey don Alonso,
después de estar desconformes
los grandes, se coronó
su hermano, Ramiro el monje,
que a la sazón era obispo
de Barbastro; y por que estorbe
las discordias de Aragón

con dichosos sucesores,
dispensó, a instancia del reino,
el Pontífice, y casóse
con la hermosa doña Inés,
hermana de Guillén, conde
de Potiers, viéndose junto
en solo un sujeto entonces
ser sacerdote y ser rey,
obispo, casado y monje.
Tuvo una hija heredera,
Petronilla, cuyas dotes,
siendo gloria de Aragón,
son admiración del orbe.
Diola, entre mil pretendientes,
por esposa a Ramón, conde
de Barcelona, y cansado
del tumulto de la corte,
de las armas y los años,
el monje rey, retiróse
a la iglesia de San Pedro
que en Huesca ilustró, con orden
de que a su yerno obedezcan,
sabio, si valiente joven.
Murió Ramiro; y agora,
cuando esperanzas mayores
daba que Alejandro al mundo
Ramón, al pie de los montes
Alpes, pasando a Turín,
de la muerte el fiero golpe
dio, con el fin de su vida,
principio a mil disensiones;
que aunque a su hijo, el mayor
de tres que dejó varones,
la sucesión por derecho
de la corona le toque,
el ser niño y ser su madre
moza y hermosa, corrompe
los ánimos más leales
con diversas pretensiones;
que unos de ambición vencidos,

otros heridos de amores
de la reina, otros leales
a su heredero, se oponen
entre sí, y el reino todo,
partido en bandos discordes,
corre a su fatal rüina
si el cielo no le socorre.
Éste es, en suma, el estado
de Aragón; éste el desorden
que ya ambición y ya amor
engendra en los pechos nobles;
y, ojalá quisiera el cielo
que las nuevas que disponen
darme vuestros labios,
diesen fin a casos tan atroces,
viviendo el anciano Alfonso;
pues aunque su edad estorbe
del brazo los fuertes bríos,
trajera a la obscura noche
de Aragón sol su prudencia,
su valor freno a los nobles,
sus canas respeto, y paz
su amor a estas disensiones.
NUÑO: (La Ocasión me da el cabello.   **Aparte**
Comiencen mis invenciones;
que si sólo por reinar
hay disculpa en ser traidores,
no es mucho que una corona
y una venganza os provoquen,
Nuño, a mayores engaños,
si los puede haber mayores.
La noticia de secretos
de Alfonso, y de sus facciones
la semejanza, que a muchos
ha engañado, y de los nobles
la división, y de Alfonso
la memoria, ya en los hombres
borrada del tiempo largo,
el efeto me disponen.
Ánimo, pues; que Fortuna

a los osados socorre.)
Gran Pedro Ruiz de Azagra,
si viviera y a la corte
de Aragón volviera Alfonso,
cuando divididos rompen,
a varios fines atentos,
la ley de lealtad los nobles,
no solamente recelo
que no hallara quien apoye
su parte, pero causara
más graves alteraciones.
PEDRO: Engañáisos; que yo solo,
cuando en su defensa tome
las armas, basto a enfrenar
los ánimos más feroces;
y de mi padre heredé
de servirle obligaciones,
que sus mercedes publican
y mi pecho reconoce.
NUÑO: Pues, Azagra, Alfonso vive.
PEDRO: ¿Qué decís?
NUÑO:,   Que España esconde
su persona; y si ese brazo
en su favor se dispone,
y me hacéis pleito homenaje
de cumplirlo, os diré dónde.
PEDRO: Veis aquí mis manos. Hago,

*Pone las manos juntas PEDRO Ruíz entre las
de NUÑO*

como caballero noble,
pleito homenaje de ser,
si todo el mundo se opone,
vasallo leal de Alfonso,
y hacer que su reino cobre.
NUÑO: Pues, Pedro, yo soy Alfonso.
PEDRO: ¿Vos?
NUÑO: Yo soy. Si mis facciones

no reconocéis, por ser vos,
Pedro Ruiz, tan joven,
que érades pequeño infante
cuando de estos horizontes
me ausenté, clara probanza
podéis hacer cuando importe;
que ancianos hombres tendrá
el reino que me conocen;
y por agora este sello

Muéstralo

y esta sortija os informen,
testigos que he reservado
para tales ocasiones;
demás que el atrevimiento
de aspirar al regio nombre
es testimonio a quien ceden
las demás informaciones;
pues sólo puede emprender,
con peligro tan enorme,
la locura o la verdad
tan altivas pretensiones.
PEDRO: Ésa es la mayor probanza,
fuera de que los pintores,
que a las injurias del tiempo
y del olvido le oponen
en casi vivos retratos,
casi animados colores
me han informado de vos;
y aunque las canas lo estorben,
en lo demás son las señas
de vuestro rostro conformes;
y no me engañan del alma
los afectos y pasiones,
que alegres naturalmente,
por su rey os reconocen.
Dadme la mano.

ZARATÁN: ¿Qué miro?
NUÑO: Mis brazos es bien que os honren,
    pues de los vuestros espero
    que en mi trono me coloquen.
ZARATÁN: (¡Con qué respeto lo abraza!) **Aparte**
NUÑO: Agora resta dar orden
    de vencer dificultades
    e impedir alteraciones.
PEDRO: En mi tierra habéis de estar
    en un castillo, de donde
    las voluntades probéis,
    conozcáis las intenciones
    de los poderosos, antes
    que entréis, señor, en la corte;
    y dejad a cargo mío
    lo demás.
NUÑO: De vuestro nombre
    ha de sonar la grandeza
    desde el sur a los Triones.
    Vos habéis de ser el rey.
PEDRO: Permitidme, pues, que goce
    de esta liberalidad;
    y pues a quien se dispone
    a perder por vos la vida
    la podéis dar, no os enoje
    que os pida aquí la palabra
    de una merced, con que borre
    de cuanto espero serviros
    las justas obligaciones.
NUÑO: Pedid, pedid, si podéis
    pedir a quien reconoce
    que debe lo que ha de daros
    a esos brazos vencedores.
PEDRO: Vuestra sobrina, señor,
    Petronilla, cuyos soles,
    cuanto con rayos abrasan,
    ilustran con resplandores,

es un adorado Argel,
donde entre mil corazones
soy más que todos cautivo.
Bien sabéis que los señores
de Estela en España toda
superior no reconocen;
porque el servir a los reyes
de Aragón no los depone
de esta honrosa dignidad,
pues el seguir sus pendones
es voluntad, y no fuerza;
y siempre que la revoquen
y que su fuero renuncien,
gozarán sus exenciones.
Hacedme, pues, venturoso
con tan dichosa consorte,
pues con premiar mis servicios
remediaréis mis pasiones.

NUÑO: Si con mi sobrina os diera
la Europa toda por dote,
hiciera acertado empleo
en vos de prendas mayores.
Por mi parte os doy palabra
de que haré cuanto me toque
para que la mano os dé.

PEDRO: Y yo de que vuestro nombre
dilataré con mis armas
a los confines del orbe.

Sale ZARATÁN

ZARATÁN: Ya el caballo ha descansado,
y presurosa la noche,
corona de negras sombras
las cabezas de los montes.

PEDRO: Tomad, señor, mi caballo;
partamos a Estela.

ZARATÁN: ¿Adónde?

PEDRO: Y en el camino sabré

vuestra historia.

NUÑO: (Pues dispones,   **Aparte**
Fortuna, con los osados
ser pródiga de favores,
la más alta hazaña emprendo
que oyeron jamás los hombres.
De vasallo subo a rey;
favorece mis ficciones.

Vase NUÑO

ZARATÁN: ¡Oyan, oyan! ¿Sin hacer
un cumplimiento, se pone
en tu caballo, señor?
Éste, ¿es santo? ¿Es sacerdote?
PEDRO: Zaratán, no es sino el rey
don Alonso; no te asombres.
ZARATÁN: Por Dios, que lo dije luego.
Por adivino me azoten.
¿Mas que don Alonso es éste?
PEDRO: Pues, ¿cómo no le conoces,
si al momento lo dijiste?
ZARATÁN: Porque en su rostro y acciones,
entre el sayal descubría
los reales resplandores.
PEDRO: Dame tu caballo.
ZARATÁN: Y yo,
¿qué haré, señor, que de un golpe
estoy como grulla en vela?
PEDRO: Al fin de este espeso bosque
está un lugar. Allí haré,
Zaratán, que te acomoden.
ZARATÁN: ¿Y de aquí allá cojear?
Con las ancas me socorre

Vase PEDRO Ruíz

del caballo. A esotra puerta.

Ya caminan. ¡Ah, inventores
de la caza! ¿Esto es holgarse?
¿Por qué condenan los hombres
a galeras, si los pueden
condenar a cazadores?

Vase. Salen la REINA Petronilla y don RAMÓN

REINA: Por más, conde don Ramón,
que pretendiendo mi mano,
disculpe el amor tirano
vuestra justa pretensión,
   con causa me maravilla
el ver vuestra poca fe.
Si doña Rica, que fue
emperatriz de Castilla,
   y por muerte de su esposo
don Alonso, a Zaragoza
vino viuda, hermosa y moza,
espera haceros dichoso
   dando efeto al casamiento
que con vos tiene tratado,
¿en qué razón ha fundado
la mudanza vuestro intento?
   ¿Qué dirá el reino de vos?
¿Qué dirá el mundo de mí,
si a Rica hacemos así
tan clara ofensa los dos?

RAMÓN: Petronilla, más hermosa
que el alba entre nieve y grana,
cuando siembra la mañana
de clavel, jazmin y rosa,
no condenéis rigurosa
a quien vive de amor preso.
Mi disculpa está en mi exceso,
y mi mérito en mi error;
que no es verdadero amor
el que no priva de seso.

              Si por las partes hermosas
          que en vos mi pecho venera,
          animoso no emprendiera
          hazañas dificultosas,
          ¿qué obligaciones forzosas,
          qué méritos alegara?
          Si en lo que dirán repara
          vuestro rigor, no mi amor;
          que prenda de tal valor
          nunca puede costar cara.
REINA: Esos fundamentos son
          en vos, porque amáis, bastantes;
          que da ley a los amantes
          el amor, no la razón;
          pero yo, que sin pasión
          lo miro, es bien que resista
          a tan injusta conquista,
          pues no puede disculparse
          el que deja despeñarse
          de un ciego, teniendo vista.
              Hoy el reino y majestad
          renunciar, Conde, pretendo
          en mi hijo; y porque entiendo
          que causa su tierna edad
          discordias, acreditad
          vuestro amoroso tormento,
          dando favor a mi intento;
          o pensaré que nació
          de ambición del cetro, y no
          de amor, vuestro pensamiento.
RAMÓN: Yo lo haré, si se mejora
          con vos así mi partido;
          mas no, si habiéndoos servido,
          os he de perder, señora;
          que mal puede el que os adora
          en eso favoreceros,
          si por sólo retraeros
          del reino queréis privaros,
          y ha de ser el ayudaros
          instrumento de perderos.

REINA: Basta; que no he menester
            vuestro favor, don Ramón;
            que a mí sola la razón
            me basta para vencer.
RAMÓN: Tal vez suele no valer
            sin las armas la justicia.
REINA: Advierta vuestra codicia
            que, pues la razón me ayuda,
            podrá más ella desnuda
            que armada vuestra malicia.

Vase

RAMÓN: Mucho puede la ambición
            apoderada en mi pecho;
            pero mucho, a su despecho,
            puede también la razón.
            Si no hallo nueva ocasión
            que mis intentos abone,
            lo que la reina dispone
            es forzoso consentir;
            que solo no he de impedir
            que el príncipe se corone.

Sale el CONDE de Urgel

CONDE: ¡Valeroso don Ramón!
RAMÓN: ¡Famoso conde de Urgel!
CONDE: En la tempestad crüel
            que hoy amenaza a Aragón,
            admira mi pensamiento
            lo que de vos se publica,
            y es que de la hermosa Rica
            despreciáis el casamiento,
            pretendiendo que la mano
            os dé la reina. Ambición
            contraria a vuestra opinión,
            digna sólo de un tirano.

          Don Ramón, su esposo, fue
vuestro tío; y es injusto
que a la razón venza el gusto,
y la ambición a la fe.
     Mejor será que, cumpliendo
lo concertado, os caséis
con la emperatriz, y deis
favor a lo que pretendo;
     pues con mi hijo casada
Petronilla, quedaría,
junta a su fuerza la mía,
la discordia refreriada.
RAMÓN: De lo que decís colijo
que no tanto a esa intención
os obliga mi opinión
como el bien de vuestro hijo.
     Mas, ¿cómo, conde de Urgel,
habiendo solicitado,
tan público enamorado,
vuestro hijo Berenguel
     a doña Teresa, hermana
del señor de Mompeller,
se muda, y quiere ofender
belleza tan soberana?
CONDE: Ésta es sólo intención mía,
no suya; que es cosa clara
que él por Teresa trocara
del mundo la monarquía.
RAMÓN: Con esa razón no cesa
la culpa; que yo he sabido
que Berenguel ha servido
con gusto vuestro a Teresa.
CONDE: Aunque yo estimé hasta aquí
también sus prendas hermosas,
la mudanza de las cosas
muda parecer en mí.
RAMÓN: Pues si os hace la mudanza
de las cosas que os mudéis,
y si a Teresa ofendéis
por mejorar la esperanza,

¿por qué os causa admiración
que yo, que a la reina adoro
y mi grandeza mejoro,
mude también intención?

CONDE: La diferencia colijo
fácilmente que os advierto;
que vos faltáis a un concierto,
y a una pretensión mi hijo.

Vos ofendéis a Ramón,
vuestro tío; y Berenguel
no puede llamarse infiel
por tan justa pretensión.

RAMÓN: Antes de eso mismo arguyo
mi justicia, porque, ¿quién
puede suceder más bien
a Ramón que un deudo suyo?

Si mi fe no corresponde
a lo que tratado había,
eso está por cuenta mía,
que no por la vuestra, conde.

Y en resolución, ya veo
mi pretensión declarada,
y ha de conseguir la espada
lo que ha emprendido el deseo.

CONDE: Pienso que estáis satisfecho
de lo que puede la mía,
y que está esta nieve fría
en mi rostro, y no en mi pecho.

RAMÓN: Yo os lo confieso y os digo
que no me pesa; que quiero,
ya que desnude el acero,
vencer valiente enemigo.

CONDE: Pues juntad los escuadrones
que os puede dar la Proenza;
que el conde de Urgel comienza
hoy a tremolar pendones.

RAMÓN: Urgel y Aragón empiece,
y el mundo, a armarse también;
que la guerra dirá quién
de Petronilla merece

la soberana beldad.
CONDE:	Sí dirá; y a Dios pluguiera
que en venceros estuviera
el vencer su voluntad.

Vanse. Salen TERESA e INÉS

TERESA:	Dejadme de combatir,
olas de mis pensamientos;
que a tormentas de tormentos,
¿qué fuerza ha de resistir?
Pretende don Berenguel
ser mi esposo; no le quiero.
Estáme bien; que heredero
es del condado de Urgel.
En mi amor vive abrasado
Sancho Aulaga; no es mi igual.
Yo le adoro; estáme mal;
que aunque el ser tan gran soldado
le da justa estimación,
le falta la calidad.
¿Qué habéis de hacer, voluntad,
entre amor y obligación?
INÉS:	Señora, los nobles pechos
a quien obliga el honor,
han de mostrar su valor
en los difíciles hechos.
De Berenguel la afición
sola merece tu mano.
Vence ese antojo liviano,
que ha de dañar tu opinión.
TERESA:	No me atormentes.
INÉS:	Teresa,
lo que te importa te digo.
(Por tus dádivas me obligo	**Aparte**
a tan difícil empresa,
don Berenguel; y a tu intento
la has de ver al fin rendida,
aunque me cueste la vida

tan justo agradecimiento.)

Sale SANCHO Aulaga

SANCHO: Dulce enemiga mía,
más que crüel, hermosa,
emulación dichosa
del claro autor del día,
en cuya gran belleza
a sí misma venció naturaleza.
   ¿Es el ser inhumana
condición de divina?
¿Qué espíritu encamina
un alma tan tirana,
que igualmente procura
ser monstro de crueldad y de hermosura?
   Adorar tu belleza,
¿es delito contigo?
Teresa, ¿qué castigo
previene tu dureza
a quien te aborreciere,
si le da tan crüel a quien te quiere?
   De tus amantes quiero,
no los de ti contados,
mas de los olvidados,
contarme yo el postrero.
No te pese que sobre
entre el oro bermejo el pardo cobre.
TERESA: Sancho, las ocasiones
y causas diferentes,
según los accidentes
producen las acciones.
No siempre la esquiveza
nace de ingratitud y de dureza;
   no siempre rinde fruto
el árbol cultivado,
ni siempre al mar hinchado
la fuente igual tributo,
por varios accidentes,
sin ser ingratos árboles ni fuentes.
   ¿Por qué me consideras

23/92

de tu amor ofendida,
si no arroja, perdida,
en las fieras más fieras
una flecha el dios ciego,
si el más duro metal ablanda el fuego?
    De mi rigor aplica
a otra causa el efeto,
puesto que en un sujeto
contradición no implica
tener correspondencia
y hacer a los intentos resistencia.
SANCHO: Si méritos procura
iguales tu persona,
Teresa, no hay corona
digna de tu hermosura;
si amarte ha de vencerte,
no tira flecha Amor que no me acierte.
    Mas pues que ya te he oído
que a agradecer te obligas,
favor es que lo digas;
y aunque lo hayas fingido,
agradezco el engaño;
que es señal de desprecio el desengaño.
    Con esto, ángel que adoro,
queda mi amor pagado.
TERESA: ¡Qué humilde enamorado!
SANCHO: ¡Qué debido decoro
a tu merecimiento!
    Sólo con que me engañes me contento.
TERESA: ¡Qué cuerdamente obligas!
SANCHO: ¡Qué dulcemente matas!
TERESA: ¿De engañosa me tratas?
    Bien mi rigor castigas.
SANCHO: Tan alta te imagino,
que pienso que aun de engaños no soy dino.
TERESA: Bien dices lo que sientes.
SANCHO: Bien siento lo que digo.
TERESA: (¡Ay, que luchan conmigo   **Aparte**
impulsos diferentes
y en poner se desvela

freno el honor, donde el amor espuela!)
    Mas ya, Sancho, pregona
en palacio el rüido
que el reino, prevenido
a darle la corona
al príncipe, se altera;
y yo soy de la reina camarera.
    Adiós; que acompañalla
es fuerza.
SANCHO: Y lo es seguiros
con ansias y suspiros.
TERESA: (¡Triste de quien se halla   **Aparte**
puesto al cuello el cuchillo,
y ni puede quejarse ni sufrillo!)

Vanse TERESA e INÉS

SANCHO: Mi sangre, no tan clara
como la tuya, creo
que enfrena tu deseo.
Hidalgo soy. Repara
que aunque soy escudero,
tengo valor con que ilustrarme espero.
   Sancho Aulaga el valiente
me apellida la fama;
mi madre es noble rama,
de Laras descendiente;
mi padre, Nuño Aulaga,
murió al lado de Alfonso en lo de Fraga.
    ¿Quién, pues, fueron autores
de las casas que hoy mira
el sol en cuanto gira
llenas de resplandores,
sino los claros hechos
de sus primeros valerosos pechos?

*Salen la REINA, BERENGUEL, el CONDE de Urgel, BERMUDO,
don RAMÓN,
el señor de MOMPELLER, el PRÍNCIPE niño,*

TERESA, teniendo la falda a la REINA, INÉS, y
ACOMPAÑAMIENTO. Siéntanse en el trono la
REINA a la derecha, y el PRÍNCIPE a la izquierda. Habla
BERENGUEL aparte INÉS

BERENGUEL: Inés, en tu confianza
          vive sólo mi afición.
INÉS: Cumpliré mi obligación,
          y lograrás tu esperanza,
          aunque me cueste la vida.
BERENGUEL: A mí me la das con eso.
INÉS: Obligada me confieso,
          y he de ser agradecida.

REINA: Caballeros de Aragón,
          gloria y honor de la Europa,
          cuya fama atemoriza
          las regiones más remotas;
          hoy la majestad renuncio,
          porque a la quietud importa
          del reino, en mi hijo Alfonso,
          sucesor de esta corona.
          Pues que la sangre os obliga
          y la lealtad os exhorta,
          mostradlo en ser de mi parte
          en una acción tan heroica.
          Por ser Alfonso tan niño,
          nadie a mi intento se oponga;
          que al fin es varón, y rige
          mejor el cetro la sombra
          de un varón que una mujer;
          cuanto más, que el reino goza
          de consejeros prudentes
          que asistan a su persona.
CONDE: La corona sí y el reino
          podéis renunciar, señora;
          mas no el gobierno, que a mí
          por tantas causas me toca.
RAMÓN: Si alguno ha de gobernar,

¿quién habrá que se me oponga,
pues el ser quien soy y el ser
primo de Alfonso me abona?
BERMUDO: ¿Qué litigáis, si en Bermudo
el gobierno se mejora,
pues del difunto Ramón,
fui yo la privanza toda,
y los negocios traté
del reino, a quien más importa
quien sepa ya las materias,
que quien las aprenda agora?
MOMPELLER: Lo que propone mi padre
defenderá mi persona.
Señor soy de Mompeller,
y harán mis armas notoria
su justicia.
RAMÓN: Ya las mías
sus estandartes arbolan.
BERMUDO: El valor dará el derecho,
y el gobierno la vitoria.
REINA: ¿Qué gastáis en disensiones
el tiempo, si a mí me toca
el gobierno, pues de Alfonso
soy legítima tutora?
PRÍNCIPE: Esto es justicia. Ninguno
se atreva a mover discordias
por ser mi madre mujer
y por ser mi edad tan poca;
que soy el rey, y por vida
de la reina, mi señora,
que la cabeza a los pies
a quien replique le ponga.
CONDE: Sois niño, Alfonso.
RAMÓN: Las fuerzas
vuestras son, príncipe, cortas
para cortar mi cabeza.
BERENGUEL: Vos ignoráis, mas no ignora
las hazañas de Bermudo
la fama que las pregona.
SANCHO: (¡Ah! ¡No fuera igual mi estado   **Aparte**

con el valor que me informa,
para poder responder
a tanta arrogancia loca!)
PRÍNCIPE: Niño soy; mas de mi padre
soy una animada copia,
y para empresas mayores
valor y fuerzas me sobran.
SANCHO: (Eso si. Mostrad, Alfonso,   **Aparte**
la majestad española;
poned las palabras vos,
y remitidme las obras.)

Sale PEDRO Ruíz

PEDRO: Reina, príncipe, damas, caballeros,
soldados, cortesanos, ciudad, plebe,
la nueva más feliz vengo a traeros
de cuantas Aragón al tiempo debe.
Sosegad los espíritus guerreros;
que el cielo ya, que a compasión se mueve
de la discordia que de paz os priva,
por mí os presenta el ramo de la oliva.
    El rey Alfonso el bueno, el sabio, el fuerte,
de quien en Fraga el reino agradecido
triste lloró la mentirosa muerte
--pues no fue muerto allí, si fue perdido--
es hoy por la piedad de nuestra suerte
al suelo de Aragón restitüido;
sol, que a la noche de discordias tales,
de paz induce rayos celestiales.
    Yo le vi por mis ojos, yo la mano
le besé; y aunque a mí no me he creído,
por ser tan mozo, de uno y otro anciano
de nuestra patria es ya reconocido.
Oculto tanto tiempo en el asiano
imperio estuvo, sin razón corrido
de lo de Fraga, sin mirar que parte
con la Fortuna las vitorias Marte.
    Pero de haber por sí determinado

contra el voto del reino aquella empresa
y ser vencido, estando acostumbrado
a veinte y seis vitorias, se confiesa
corrido tanto el rey, que despechado,
hasta el imperio cuyas plantas besa
el undoso Jordán corrió tan solo,
que aun a los ojos se negó de Apolo.
   Él, pues, ha vuelto, si decirse puede
que ha vuelto aquél que Dios nos ha traído;
aquél por quien el cielo le concede
concordia al reino, en bandos dividido.
Y, pues él vivo no es razón que herede
su alteza el cetro, no ha de ser ungido
rey; a besar de Alfonso las reales
manos venid los que le sois leales.

REINA: ¿Qué nueva disensión, qué nueva guerra,
con máscara de paz y justo celo,
movéis, Azagra, y alteráis la tierra,
para irritar la indignación del cielo?
¿Alfonso vive? ¿Alfonso, a quien encierra,
muerto a lanzadas, el morisco suelo?
¿No lo dijeron lenguas, cuyos ojos
vieron triunfar la muerte en sus despojos?
   Si no se halló el cadáver, ¿no fue cierto
que lo causó la copia inumerable
del escuadrón en la batalla muerto,
tragedia por mil siglos miserable?
¿Por qué, pues, en favor del vulgo incierto
acreditáis engaño tan culpable,
y por vengar un sentimiento vano,
a un traidor no dudáis besar la mano?

Vase PEDRO Ruíz

   Pero no importa, no; el príncipe tiene
nobles amigos, deudos y alïados,
cuyo poder, cuyo valor enfrene
soberbios pechos, cuellos no domados.
¡Ea, conde don Ramón, no os enajene

de imitar vuestros inclitos pasados
de una venganza vil la ciega furia!
¡De Alfonso primo sois, vuestra es la injuria!
RAMÓN: Petronilla, viviendo vuestro tío,
que, pues lo afirma Azagra, es caso llano,
suyo es el reino, y no es agravio mío
besar a un rey legítimo la mano.

Vase

REINA: Noble conde de Urgel, de vos confío,
y de don Berenguel, que al vil tirano
castiguéis este engaño con la muerte.
CONDE: De esta corona es dueño Alfonso el fuerte;
yo soy su amigo, y tiene averiguado
que vive, Azagra, principal testigo;
y vos no me tenéis tan obligado,
que me oponga por vos a tal amigo.

Vase

BERENGUEL: A hacer lo que mi padre soy forzado.
Perdonadme, señora, si le sigo.

Vase

REINA: En vos, Bermudo, pongo mi esperanza.
BERMUDO: Y fui del fuerte Alfonso la privanza;
si, como afirma Azagra, y yo no dudo,
no es muerto, ya veréis a qué me obliga.

Vase

REINA: ¡Señor de Mompeller!
MOMPELLER: A don Bermudo,
que el ser me dio, señora, es ley que siga.

TERESA: ¡Padre, hermano, escuchadme!
REINA: ¿Tanto pudo
          tan clara falsedad, suerte enemiga,
          que quieran más los nobles a un tirano
          que a un legítimo rey besar la mano?
             Vos solo, Sancho Aulaga, habéis quedado;
          ya sólo en vos se funda mi esperanza,
          y bien me puede dar tan gran soldado
          del vitorioso efeto confïanza.
SANCHO: Si los nobles del reino os han faltado,
          si os aflige, señora, su mudanza,
          a mí me alegra; que mostrarles quiero
          que os basta sin los suyos este acero.
             Nombradme general, y suene Marte
          el ronco parche y el clarín bastardo;
          que presto adorará vuestro estandarte
          el contrario más fuerte y más gallardo.
REINA: Un bastón me traed.
TERESA: Yo quiero darte,
          si vuelves vitorioso, como aguardo,
          de que tuya seré palabra y mano,
          aunque pese a mi padre y a mi hermano.
SANCHO: Con dicha igual, del alba al occidente,
          es la conquista fácil a mi acero.
REINA: El bastón recebid, Juntad mi gente,

Dásele

          y partid; que triunfante ya os espero.

Vase

PRÍNCIPE: Abrazadme y partid, Sancho el valiente.
SANCHO: Besar humilde vuestras plantas quiero.

Prospere el cielo esa real persona.
PRÍNCIPE: De vuestra mano espero la corona.

Vase

TERESA: Sancho, el vencerme está en esta vitoria.
SANCHO: Y el vencer en vencer vuestra esquiveza.
TERESA: Adiós.
SANCHO: Dadme una prenda, cuya gloria
me dé valor y aumente fortaleza.
TERESA: De mi palabra os doy esta memoria.

Dale una banda

SANCHO: Con tal favor traeros la cabeza
prometo del fingido rey tirano,

Señala la mano ízquíerda y la derecha

en ésta, antes de daros esta mano.

FIN DEL PRIMER ACTO

ACTO SEGUNDO

Salen NUÑO y ZARATÁN

NUÑO: ¿Que viene por general
      Sancho Aulaga contra mi?
ZARATÁN: La fama lo cuenta asi.
NUÑO: (¿Quién vio confusión igual?   **Aparte**
      ¿Mi hijo es contrario mío?
      A solas me importa hablarle;
      que para desengañarle
      aun de él mismo no me fío.)
ZARATÁN: Dicen que a la reina bella
      tu cabeza prometió,
      y a no defenderte yo,
      no diera un cuatrín por ella;
      fuera de que, a persuasión
      de mi dueño, a que los mandes
      vienen del reino los grandes
      todos a tu devoción,
      y obligados se confiesan
      tanto como agradecidos,
      pues los bandos encendidos
      con haberte hallado cesan;
      que para hacerse crüel
      guerra, juntaban sus gentes
      ya los dos condes valientes
      de la Proenza y de Urgel.
      Con estas nuevas, señor,
      Pedro de Azagra me envía
      a hacer la ventura mía
      con tus albricias mayor.
NUÑO: Yo te las prometo dar
      tan cumplidas, si me veo
      como en mi reino deseo,
      que a todos des qué envidiar;

             que agora bien podrás ver
             cuán pobre estoy.
ZARATÁN: ¡Triste yo,
             ¿No sabes cómo pintó
             cierto Apeles al poder?
NUÑO: ¿Cómo?
ZARATÁN: Pintólo poniendo
             sobre una rueda, cercado
             de gente, un rey coronado,
             y luego escribió, queriendo
              la gran distancia argüir
             que hay del decir al hacer,
             en la boca, prometer
             y en el celebro, cumplir.
NUÑO: No puede faltar un rey
             a su palabra.
ZARATÁN: A lo menos
             debes mirar que en los buenos,
             señor, la palabra es ley;
              y en diciendo un "yo lo haré"
             aun entre gente que sea
             muy común, es cosa fea
             faltar la palabra y fe.
              Mas ya también ha llegado
             mi señor; que era mi posta
             tan lerda, larga y angosta,
             que por más que he procurado
              picar, fue vano trabajo,
             porque mis pies no la hallaban,
             y uno a otro se picaban
             mis talones por debajo.

***Salen PEDRO Ruiz, el CONDE de Urgel, BERMUDO, don
RAMÓN, y el señor de MOMPELLER, todos de camino***

PEDRO: Deme vuestra majestad
             la mano.
NUÑO: Tan bien llegado
             seáis como deseado

habéis sido. ¡Levantad!
CONDE: En fe de lo que escuché
         a Pedro Ruiz, creí
         que sois Alfonso, y ya en mi
         es evidencia la fe.
            El conde de Urgel, señor,
         que os conoció, os reconoce.
BERMUDO: El cielo quiere que goce
         otra vez de vuestro amor,
            Bermudo, vuestro privado,
         que agradecido y leal,
         tuvo de ese original
         vivo en el alma el traslado.
RAMÓN: Don Ramón, señor, el conde
         de la Proenza, a pediros
         llega los pies; que en serviros
         a su sangre corresponde.
NUÑO: ¡Levantad, conde de Urgel!
         ¡Don Bermudo, conde, alzad!
CONDE: La mano también le dad,
         señor, a don Berenguel,
            mi hijo.
BERMUDO: También la besa
         el señor de Mompeller,
         vuestro vasallo, que ser
         mi sangre en esto confiesa.
NUÑO: A todos mis brazos doy
         con el alma, caballeros;
         que me alegra tanto el veros
         cuanto obligado os estoy.
            ¿Cómo queda mi sobrina?
PEDRO: Con salud, señor, y hermosa;
         mas contra vos rigurosa
         de suerte, que ya camina
            con un lucido escuadrón
         su general Sancho Aulaga.
NUÑO: No perdí el valor en Fraga,
         aunque perdí la opinión.
BERMUDO: Constante está en que perdistes
         la vida allí.

NUÑO: Si a vencella
        no sois bastantes con ella
        los que ya me conocistes,
            de mi verdad mis hazañas
        testimonio le darán.
BERMUDO: Yo pienso que dejarán
        las gentes proprias y extrañas
            las armas, si la opinión
        llega, señor, a su oído
        de que os han reconocido
        los que respeta Aragón.
NUÑO: Con ese fin es mi intento
        a Sancho Aulaga escribir;
        que quisiera no venir,
        si es posible, a rompimiento;
            que son al fin mis vasallos
        los que tengo de vencer
        y todos habéis de hacer
        lo mismo, para obligallos
            a reducirse, escribiendo
        a los hombres principales
        y a todos los oficiales
        del campo; pues en sabiendo
            que me habéis reconocido,
        con tan clara información
        luego de todo Aragón
        he de ser obedecido.
BERMUDO: Es sin duda.
NUÑO: Pues entrad
        a descansar y escribir;
        que importa, para impedir
        los daños, la brevedad.
BERMUDO: Obedeceros es ley.
PEDRO: Vamos, pues.
RAMÓN: Cuando no hubiera
        otra probanza, creyera
        por su piedad que es el rey.
BERMUDO: Y en la majestad así
        lo muestra.
MOMPELLER: Forzoso es dar

luz el sol.
BERMUDO: No hay que dudar;
conózcolo como a mí.
NUÑO: Id, Zaratán, mientras hago
el despacho, a descansar;
que vos lo habéis de llevar.
ZARATÁN: Bien de contado te pago
de tu promesa el escote.
¡Plega a Dios que por bien sea,
y que al cumplillo, no lea
el rétulo del cogote!

Vanse. Sale SANCHO, abriendo un pliego y SOLDADOS

SANCHO: ¡Hagan alto!
SOLDADOS: ¡Hagan alto!
¡Pase la palabra!
SANCHO: Amigos,
cerca están los enemigos.
Descansad; no cojan falto
de fuerza nuestro escuadrón,
fatigado de marchar,
en que estriba el acabar
las discordias de Aragón.

Lee cartas

Ésta es de doña Teresa.
¡Ah, cielo! ¿Que merecí
que se acordase de mí?
Con tanto favor, ¿qué empresa
no acabaré, satisfecho
de mi venturosa suerte,
llevando contra la muerte
este papel en mi pecho?

Lee

"La Reina mi señora me mandó que
os escribiese ratificando mi promesa,
y os aseguro que me leyó el corazón
de suerte, que en lo contrario no la
obedeciera. No es mi intento agraviar
vuestro valor con animaros, sino
lisonjear vuestra ausencia con
escribiros; si bien, como el deseo
duda lo más seguro, el mio de efectuar
el concierto es tanto, que llega a
injuriar vuestro esfuerzo, temiendo
que no cumpláis la condición, pues ya
no cuido más, por el bien de la reina
mi señora, de ver la cabeza de nuestro
enemigo en vuestras manos, que por
daros la mía.--Doña Teresa."

   ¡Oh, letras, que del pincel
de un ángel fuistes formadas!
¡Vivid, vivid trasladadas
al corazón, del papel!
   La condición cumpliré;
la cabeza del tirano,
mi bien, te dará mi mano,
o la tuya perderé.

Lee

"Hijo, la importancia de la facción que
os han encargado no es para fiarla sólo
del poder humano; y aunque ni yo entiendo,
ni Dios quiera que sea menester advertiros
que recurráis al divino, el amor me obliga
a hacerlo y animaros con que sepáis que en
este convento no cesarán las rogativas
mientras no cesare la guerra. Dios os traiga
vencedor.-Vuestra madre, Doña Teodora de Lara."

Sale ZARATÁN, con botas y espuelas

ZARATÁN:　　　Gran general, celebrado
　　　en cuanto alumbra el lucero,
　　　por indigno mensajero
　　　vengo del resucitado.
　　　　Este pliego es para ti.
SANCHO:　　¿Hasle visto?
ZARATÁN:　　　　Cuando vino
　　　en traje de peregrino,
　　　fui el primero que le vi.
SANCHO:　　　Y, ¿qué te parece?
ZARATÁN:　　　　　Nada.
SANCHO:　　No temas, dilo.
ZAPUTÁN:　　　　Que admira
　　　su presencia, y si es mentira,
　　　está, por Dios, bien trovada.
　　　　Ya los grandes de Aragón
　　　le han reconocido, y creo
　　　que te escriben con deseo
　　　de que mudes intención,
　　　　o a lo menos de que hablarte
　　　dejes de Alfonso, primero
　　　que en la batalla el acero
　　　ensangriente airado Marte.
SANCHO:　　　¿A un traidor, necio, te atreves
　　　a nombrar Alfonso aquí?
　　　Si para nombrarlo así
　　　otra vez los labios mueves,
　　　　--¡vive Dios--que en un madero
　　　te haga poner por traidor,
　　　sin que estorben mi rigor
　　　las leyes de mensajero!
ZARATÁN:　　　¡Mal haya mi boca, amén,
　　　que tal dijo! ¿Por ventura
　　　quien lo nombra así asegura
　　　que es rey de Aragón también?
SANCHO:　　　¿Que quiere el traidor hablarme?

Sin duda engañarme entiende
a mí también, o pretende
con mercedes obligarme.
    Pues aunque es notorio error
no negarles al encanto
los oídos, fío tanto
de mi lealtad y valor,
    que no sólo le he de oír,
mas disuadirle su engaño;
que también pretendo el daño
de la batalla impedir,
    al reino todo molesta.
A leer y responder voy;
que al punto has de volver,
Zaratán, con la respuesta.
ZARATÁN: Pues hablarle determinas,
escribirle es excusado;
que él, por verte, acelerado
pisa las tierras vecinas.

Vase SANCHO

ZARATÁN: ¡Qué cerca del sacrificio
me he visto! ¿Aulaga sois vos?
Diablo sois. Líbreme Dios
de un ruín puesto en oficio.
    Juntó cortes el león,
estando enfermo una vez,
para elegir un jüez
a quien la juridición
    de sus reinos encargase.
Los animales, atento
a que es tan manso el jumento,
pidieron que él gobernase.
    Tomó, al fin, la posesión;
y por darle autoridad,
junto con la potestad,
sus uñas le dio el león.
    Parabién le vino a dar

luego con grande alegría
un rocín, que ser solía
su amigo; y él, por usar
    del poder, dos uñaradas
le dio al amigo inocente;
y viéndose injustamente
las carnes acribilladas,
    dijo llorando el rocín,
"No tienes tú culpa, no,
sino quien uñas le dio
a un animal tan ruín."
    El león, airado y fiero,
le quitó con el oficio
las uñas, y al ejercicio
le hizo volver de arriero.
    Pues, hombre que oficio empuñas,
sabe templado ejercerlo,
pues a tantos, por no hacerlo,
has visto quitar las uñas.

CONDE: Señor, de mi parecer,
        pues se acerca temerario
        y presuroso el contrario
        es acierto recoger
            vuestro campo a ese castillo,
        cuyo fuerte es tan seguro.
        Gaste su fuerza en el muro,
        y cánsese en combatillo.
BERMUDO: El mismo consejo sigo.
PEDRO: Otra sentencia es la mía,
        porque es mostrar cobardía
        y animar al enemigo.
RAMÓN: Prosigue en marchar, señor;
        que pues él viene a buscarte,
        el buscarlo tú ha de darte

       a ti opinión y a él temor.
NUÑO: Yo estoy cierto, caballeros,
       de que en llegándome a ver
       con Sancho, le he de vencer
       sin desnudar los aceros;
         fuera de que la probanza
       que en vuestras cartas verá
       el ejército, me da
       esa misma confïanza:
         y así, no quiero mostrar
       cobardía en retirarme;
       que hacerlo, fuera indiciarme
       de culpado, y esforzar
         su mal fundada opinión.
       Buscarle es mejor intento,
       pues es el atrevimiento
       tan hijo de la razón.

*Sale ZARATÁN, con un
plíego*
ZARATÁN: ¡Gracias a Dios que me veo
       de tu grandeza amparado!
       Y agradece este cuidado
       más al temor que al deseo.

*Da cartas al CONDE de Urgel, BERMUDO y don
RAMÓN, y ellos leen*

         Aulaga responde en éstas
       a los tres; de los demás
       oficiales, Barrabás
       aguardara las respuestas;
         que en sabiendo vuestro intento
       el general, imagino
       que el mensajero en un pino
       fuera lisonja del viento.
         A ti no escribe, señor;
       que, como pides, a hablarte
       se allana, por obligarte,

a desistir de tu error.

BERMUDO: "Yo sirvo como leal
            a quien me ha dado el bastón,
            y a quien sé que de Aragón
            es señora natural.
              Sancho Aulaga." Esto es, en suma,
            lo que me responde aquí.
CONDE: Lo mismo me escribe a mi
RAMÓN: Y aquí trasladó la pluma
            también las mismas razones.
NUÑO: A reducirle me obligo
            en llegando a hablar conmigo.
            Pero ya de sus pendones
              se forma una selva inquieta
            en el collado vecino.
PEDRO: Y de su campo imagino
            que a hablarte viene un trompeta.

Sale un TROMPETA

TROMPETA: ¿Quién es aquí el que se llama
            Alfonso, rey de Aragón?
PEDRO: ¿No lo publica el bastón,
            cuando lo calle la fama?
TROMPETA: Sancho Aulaga, el general,
            dice que un puesto señales,
            donde entre los dos reales,
            solos, en distancia igual
              os podáis los dos hablar.
NUÑO: A la orilla de esa fuente
            que de cristal transparente
            tributaria corre al mar,
              decid que solo le espero.
            Al cuerpo del escuadrón
            os retirad.

PEDRO: Aragón
con esto envaina el acero.

ZARATÁN: ¡Plega a Dios! Que es el vivir
linda joya, y barbarismo
buscarse un hombre a sí mismo
aderezos de morir;
   que sin la guerra hay contrarios
para quien morir desea,
pues hay melón y lamprea,
mujeres y boticarios.

Vase

NUÑO: Ya viene Sancho. Deseo
que reste en ventura igual,
pues le veo general,
y rey de Aragón me veo;
   y aunque venga a ver perdido
el bien que llego a tener,
no puedo al menos perder
el bien de haberlo tenido.

Sale SANCHO Aulaga, en cuerpo, con bastón

SANCHO: Guárdete Dios; que aunque seas
fingido rey, en efeto,
para hablarte con respeto,
basta que el nombre poseas.
   Esto supuesto, y que fío
que ni podrás engañarme,
ni con dones obligarme
a que del intento mío
   desista, te vengo a oír.
Abrevia, pues; que a su Alteza

le prometí tu cabeza,
y hoy lo pretendo cumplir.
NUÑO: Engañado, Sancho, estás;
que a ti con desengañarte,
espero más obligarte
que engañando a los demás.
     ¡Ay, Sancho! ¡Quién no tuviera
de los campos enemigos
tantos ojos por testigos,
porque abrazarte pudiera
   mil veces, hasta que el pecho,
de la sed y la impaciencia
de tan dilatada ausencia,
llegase a estar satisfecho!
     No soy el rey, Sancho, no;
tu padre sí, Nuño Aulaga,
que en la batalla de Fraga
lloraste muerto, soy yo.
SANCHO: ¿Qué? ¿Qué dices?
NUÑO: No te alteres.
     Mis casos, y la ocasión
escucha de mi intención.
SANCHO: Sin duda engañarme quieres
   con el mismo desengaño.
   ¿Tú mi padre? ¿Mi valor
pudo engendrar un traidor
a su rey?
NUÑO: ¡Qué ciego engaño!
     Si es lícito por reinar
ser traidor, ¿quién lo emprendiera
sino el que un hijo pudiera
de tal valor engendrar?
     Por lo que te importa a ti,
atención sólo te pido,
y después de haberme oído,
haz lo que quisieres.
SANCHO: Di.

NUÑO: Doña Teodora de Lara,
si muy noble, bella mucho,

cautivó mis pensamientos
en mis juveniles lustros.
Cegóme el amor de suerte,
que no reparara el gusto
en los públicos defetos,
cuanto más en los ocultos.
No la igualaba mi sangre;
que aunque de hidalgo presumo,
dista un hidalgo escudero
de un hidalgo señor, mucho,
y ella era sangre de Laras;
pero mi riqueza supo
y mi industria conformar
con mis intentos los suyos.
Diome, al fin, la blanca mano;
y cuando el silencio obscuro
de la noche de mis bodas
invidiar mis dichas pudo,
a lastimarse empezó
de que cayese en un punto
desde las glorias de un cielo
a un infierno de disgustos,
pues conocí... ¡Qué vergüenza!
Aunque decirlo rehuso,
por ser importante al caso
a mi pesar lo descubro.
Conocí, al fin, en Teodora
de su honor perdido el hurto,
y que no era yo el primero
que amor en sus brazos puso.
¡Qué venganzas impacientes,
qué reportados discursos,
júzgalo tú, me tendrían
ya resuelto, ya confuso!
Al fin, por no publicar
mis afrentas, disimulo,
poniéndome el honor mismo
espuela y freno en un punto.
No por esto a perdonar,
sí a dilatar, me reduzgo

para mejor ocasión
la venganza que procuro.
El receloso cuidado
los ojos de Argos me puso,
aunque para ver mi ofensa
menester no fueron muchos.
Pues aun no el curioso examen
empecé, cuando descubro
que antes de darme la mano,
gozó de su amor el fruto
ése, que del rey privado
era entonces, don Bermudo,
padre del de Mompeller.
Vine al fin a hallarlos juntos
dentro de mi propria casa;
y aunque no en el acto injusto,
por los amores pasados
la presente ofensa juzgo;
y así, desnudé la espada
celoso; pero no pudo
la razón contra el poder,
contra muchos brazos uno.
Libróse al fin, y libróla,
y en un convento la puso.
Yo, que con el alboroto
vi publicarse en el vulgo
mi afrenta, pues aunque alli
no cometiese Bermudo
adulterio, la opinión
es del honor el verdugo;
como de su gran poder,
y el poco que tengo, arguyo
imposible la venganza,
cuanto despechado mudo,
a servir a Alfonso el fuerte
partí a la guerra que tuvo
en Fraga, sangrienta causa
de sus funerales lutos;
pues cuando se vio cercado,
con pocos hombres, de muchos,

las armas y sobrevista,
por pelear más seguro,
trocó su alteza conmigo;
mas no por esto al membrudo
brazo de un valiente moro
dejó de quedar difunto.
Yo, que rendido le veo,
en vano al socorro acudo;
y así le dieron mis brazos,
en vez de ayuda, sepulcro.
La real sortija y sello
le quité, y el golpe duro
de la muerte en un pegaso,
cuyos pies son alas, huyo;
que de esto y llevar sus armas,
su sobrevista y escudo,
y ser en el rostro y talle
un vivo traslado suyo
nació la opinión que aun hoy
afirma que no es difunto.
Yo, pues, aunque entonces
ya la nueva a la fama escucho
que tú, de quien a Teodora
dejé preñada, del mundo
la luz hermosa gozabas,
remotas regiones busco;
que me desterró mi afrenta,
más que tu amor me detuvo.
Al Asia paso, y el nombre
junto con la tierra mudo;
todo por trazar mejor
la venganza que procuro;
y agora, que de los años
me asegura el largo curso
el efeto de este intento,
y que del esfuerzo tuyo
las nuevas determinaron
mis vengativos impulsos;
viendo en mí de Alfonso el fuerte
tan verdadero transunto,

que a cuantos le conocieron
engañar mil veces pudo,
vuelvo a Aragón a emprender
el engaño que ejecuto,
cuyo buen fin la Fortuna
con discordias me dispuso.
Los más grandes de este reino
lo han creído ya, y por puntos,
cuantos lugares visito,
a mi obediencia reduzgo.
Hijo, lo más está hecho;
el provecho, Sancho, es tuyo.
A honrarte y vengarme aspiro;
poderoso es don Bermudo;
menos que por este medio
mi venganza no aseguro.
Tu amor y mi agravio han sido
de mi lealtad los verdugos;
mas mira si te es forzoso
ayudarlos, pues el uno
me obliga a justa venganza,
y soy tu padre, y te cupo
tanta parte de mi afrenta;
y por el otro procuro
acrecentarte hasta verte
rey de Aragón y del mundo.

Apartándose SANCHO de NUÑO

SANCHO: (¡Válgame Dios! ¿Es posible   **Aparte**
que no es sueño lo que escucho?
¿Es verdad, sagrados cielos,
que es éste mi padre Nuño?
Mas, ¡ay de mí!, siendo yo
tan desdichado, ¿qué dudo?
¿Cómo desventuras tales
en mi suerte dificulto?
¿A quién la Fortuna airada,

sino a Sancho Aulaga, pudo
combatir con tantos vientos,
tan contrarios y confusos?
"Mi padre, su agravio, un reino,"
dicen bramando los unos;
"Mi palabra, mi lealtad,
mi obligación," los segundos.
Mi amor, que adoro a Teresa;
y mi honor, que el padre suyo
me pague de mi opinión,
muriendo, el agravio injusto.
Amor, que ya está el agravio
con el largo tiempo oculto,
y honor, que borrar la afrenta
sola la venganza pudo.
Temo que descubra el tiempo
que es éste mi padre Nuño;
mas el amor paternal,
la venganza y reino juntos
dicen que mucho no alcanza
el que no aventura mucho.
Mas, ¿qué es esto? ¿Dónde vuelas,
precipitado discurso?
¿Reino dije? En mi lealtad,
¿cómo es posible que cupo
ni aun el primer movimiento
de tan detestable insulto?
Mas si ya cayó en mi padre
la mancha infame, ¿qué mucho
que peque la sangre mía
de los humores que tuvo
aquel de quien la heredé?
Mas no, Sancho, no disculpo
por la inclinación el yerro.
La sangre inclinaros pudo;
mas sobre ella al albedrío
dio el cielo imperio absoluto.
Ceda a la ley la ambición,
lo provechoso a lo justo;
sed leal; que si primero,

cuando mi pecho no supo
si era Alfonso el fuerte o no
el que a la reina se opuso,
estábades en servirla
tan firme, ya que no dudo
que se le opone un traidor,
y que es Alfonso difunto,
mi obligación se acrecienta,
sin que lo estorbe ser Nuño
mi padre; que asi la ley
justamente lo dispuso.
Si es mucho lo que ganaba
siendo traidor, de eso arguyo
mi valor; que ser leal
perdiendo poco, no es mucho.
Si ser por reinar traidor
dijo que es lícito alguno,
fue cuando la tiranía
daba los cetros del mundo;
fue cuando idólatras pechos
no temieron ser perjuros;
fue cuando el vasallo al rey
natural amor no tuvo;
mas hoy, que la sucesión
les da derecho tan justo;
hoy, que el amor se deriva,
por legítimo transcurso,
de los padres a los hijos;
hoy, que del cristiano yugo
a cumplir los juramentos
obligan los estatutos,
¿cómo por reinar podrá
decir que es lícito alguno
ser traidor, sino quien tenga,
lejos del cristiano culto,
mucha ambición, poca ley,
sangre vil y pecho bruto?)
NUÑO: ¿Qué dudas? ¿Qué te suspendes?
SANCHO: Después de varios discursos
vengo a resolver que tú

es imposible ser Nuño.
Engaños son que fabricas;
porque quien tal hijo tuvo
como yo, incurrir en culpa
de infame traición no pudo,
ni ser liviana mi madre,
ni dado que del conyugio
la ley violase, dejara
de matar a don Bermudo
mi padre entonces, si fuera
rey del Ganges al Danubio;
y así, no sólo de intento,
por lo que has dicho, no mudo,
pero estoy en él más firme,
pues a ti mismo te escucho
que no eres Alfonso el fuerte;
con que ya del todo juzgo
sin escrúpulo mi intento,
y el de la reina más justo.

NUÑO: ¡Hijo...!
SANCHO: ¡No me llames hijo!
NUÑO: ¡Vive Dios, si no reduzgo
tu proterva obstinación,
que para castigo tuyo
he de publicar yo mismo
que soy yo tu padre Nuño!
La liviandad de Teodora
sabrá de mi boca el mundo,
por que así, muriendo yo
a las manos de un verdugo,
por padre y por madre seas
fábula infame del vulgo.
SANCHO: No importa, no; que mis hechos
sabrán desmentir los tuyos,
y mi valor tus engaños;
que nadie creerá que pudo
sol que tanto resplandece
tener padres tan obscuros.
Y si a decirlo te anima
del tiempo el largo discurso,

también de los años yo
para negarlo me ayudo,
pues ya, aunque mi padre fueras,
no te conoce ninguno;
y así, o muda parecer,
puesto que yo no le mudo,
o apercibe a resistir
a mis soldados los tuyos.

NUÑO: Empeñado, Sancho, estoy.
SANCHO: Yo resuelto.
NUÑO: Yo procuro
tu aumento.
SANCHO: Yo tu castigo.
NUÑO: Yo soy tu padre.
SANCHO: Difunto
es mi padre. ¡Toca al arma!
NUÑO: ¿Al arma? Pues sepa el mundo
que soy...
SANCHO: ¡Tente, no lo digas!
¡Tente!
NUÑO: Si no te reduzgo,
he de publicar quién soy.
SANCHO: (¿A quién la Fortuna puso   **Aparte**
en un lance tan estrecho?)
NUÑO: Si yo no soy padre tuyo,
¿por qué temes que lo diga?
SANCHO: Para dañarme eres Nuño;
mas no para obedecerte
en intento tan injusto.
NUÑO: Pues si no has de obedecerme,
que soy tu padre divulgo.
SANCHO: Pues si o yo he de ser traidor,
o tú decirlo, ¿qué dudo
en decirlo yo primero?
Sepa Aragón, sepa el mundo...
NUÑO: ¡Tente, por Dios, hijo! ¡Calla;
que no mi mal, sino el tuyo,
a refrenarte me obliga!
SANCHO: Pues si en entrambos es uno
el daño de publicarlo,

callemos entrambos, Nuño.
Conténtate con que pueda
esto con mi pecho el tuyo,
y deja que en lo demás
ejecute el fuero justo
de la lealtad. ¡Toca al arma!
NUÑO: ¡Toca al arma, y muera Nuño
que engendró su patricida!
SANCHO: Sabe Dios que lo rehuso;
pero la ley de lealtad
contra la sangre ejecuto.

Vanse. Salen SOLDADOS

SOLDADO 1:   Esto es hecho.
SOLDADO 2:   Es caso cierto;
que nunca al fin la verdad,
aunque corra tempestad,
deja de salir al puerto.
SOLDADO 3:   Si los grandes, obligados,
se rinden a la razón,
¿qué ha de hacer todo Aragón?

Sale SANCHO

SANCHO: ¡Al arma, al arma, soldados!
SOLDADO 1:   ¿Dónde vas?
SANCHO: Al arma toca.
SOLDADO 1:   General, ¿quién ha de ser
el que te ayude a emprender
facción tan injusta y loca?
SANCHO: Si tengo en razón y en gente
ventaja, ¿qué resta ya?
SOLDADO 1:   Tu campo te mostrará
que te engañas, brevemente.
        ¡Oye!
SOLDADO 4:   ¡Viva Alfonso el fuerte!   **Dentro**
SANCHO: ¿Qué es esto? ¿Quién ha causado

tal novedad?
SOLDADO 1:   Informado
     el campo de que su muerte
          fue incierta, y que de Aragón
     los más ancianos confiesan
     ser él y su mano besan,
     está ya a su devoción
          toda tu gente.
SANCHO: ¡Mirad
     que no es Alfonso, soldados!
SOLDADO 1:   En casos tan comprobados
     es locura, y no lealtad,
          solo a todos resistir;
     y es mejor, sin duda alguna,
     sujetarte a la Fortuna
     que inútilmente morir.
SOLDADO 4:   ¡Viva Alfonso!   **Dentro**
SOLDADO 1:   Ya habrás visto
     que es sin fruto tu desvelo
     en resistir.
SANCHO: (Sabe el cie*lo   **Aparte**
     que me alegro, aunque resisto;
          que es mi padre, y la razón
     puede impedir los intentos,
     pero no los movimientos
     de tan natural pasión.)
SOLDADO 1:   ¿Qué determinas?
SANCHO: Mil veces,
     morir yo solo leal.
SOLDADO 1:   Pues ya no eres general,
     pues a tu rey no obedeces,
          ¡date a prisión!
SANCHO: ¡Qué traición!
SOLDADO 1:   Sólo es traidor quien se opone
     al rey.

Quítanle la espada, y préndenlo

SANCHO: (La lealtad perdone,   **Aparte** si me alegra la prisión.)

*NUÑO y BERMUDO, dentro; después, PEDRO Ruiz, el CONDE de
Urgel,
BERENGUEL, el señor de MOMPELLER, don RAMÓN y
ZARATÁN*

NUÑO: ¡No le matéis! ¡Aguardad!   **Aparte**
BERMUDO: ¡Tened! ¡No le deis la muerte,   **Aparte**
          soldados!
SOLDADO 1:   De Alfonso el fuerte
          viene ya la majestad,
          de todos obedecida.

Salen

NUÑO: Amigos, la fortaleza
          de mi reino y mi grandeza
          fundo sólo en esta vida.
SOLDADO 1:   Por su ciega obstinación
          le hemos preso.
NUÑO: El general
          sirve así como leal
          a quien le dio su bastón,
            y vosotros habéis hecho
          también lo que os ha tocado;
          mas cuando desengañado,
          persuadido y satisfecho
            de que soy Alfonso esté
          Sancho, será su valor
          tan constante en mi favor
          cuanto en mi daño lo fue.
BERMUDO: Su vida, señor, te importa.
ZARATÁN: Ya, Sancho, no me daréis
          uñada, aunque os enojéis;
          que el rey las uñas os corta.
NUÑO: Sancho, escucha.

Habla bajo con él

BERENGUEL: (Cuando vi   **Aparte**
en palacio el postrer día
a Teresa, ¿no tenía
al cuello esta banda? Sí.
   Ella es sin duda; ya son
ciertas mis sospechas. ¡Cielos,
venganza piden mis celos!
¡Yo buscaré la ocasión!
MOMPELLER: Padre, escucha. Si advertiste,
¿esta banda no tenía
al cuello mi hermana el día
que en el palacio la viste?
BERMUDO: Si mal no me acuerdo, es ella.
MOMPELLER: Pues con esto he confirmado
mi sospecha, y ha llegado
a ser rayo de centella.

Saca la daga

   ¡Vive Dios, que he de matarlo,
aunque lo defienda el rey!
BERMUDO: ¡Hijo, detente!
MOMPELLER: ¿Qué ley
padre, te obliga a librarlo?
BERMUDO: ¿No ves que el castigo hará
más pública nuestra afrenta?
MOMPELLER: Pues que su favor ostenta,
la afrenta es pública ya.
BERMUDO: Hijo, en negocios tan graves
daña el arrojado ardor.
Yo soy viejo, y tengo honor,
y sé lo que tú no sabes.
   Mejor remedio pretendo.
Hasta agora lo perdido
es poco; por entendido
no te des; que yo me entiendo.

(Porque no pierda opinión   **Aparte**
su madre doña Teodora,
es fuerza callar agora
de ampararle la ocasión.)
SANCHO: Daros la obediencia aquí
bien veis que me ha de dañar,
y dará qué sospechar,
senor, de vos y de mí;
 pues me he rendido forzado,
y lo que he debido he hecho,
dejad que oculte mi pecho
el contento que me ha dado
 veros ya rey de Aragón;
si bien os puedo afirmar
que a poderos estorbar
la tirana posesión,
 venciera en mí la lealtad
a la sangre. Esto os confieso;
y así, pues me importa, preso
a la corte me llevad;
 que pues ya es fuerza que os den
la corona, y la obediencia
la reina, tendré licencia
de obedeceros también
 entonces, sin que argüir
me puedan de deslealtad.
NUÑO: Dices bien. ¡Preso llevad,
pues no puedo reducir
 su proterva obstinación,
a Sancho Aulaga!
SANCHO: Primero
daré la vida al acero,
que a la reina de Aragón,
 Petronilla, no obedezca
por legítima señora.
NUÑO: Ése es justo intento agora;
pero cuando ella me ofrezca,
 después que me conociere,
la obediencia, mudarás
parecer o morirás.

SANCHO: Lo que Petronilla hiciere,
            haré entonces disculpado.
NUÑO: A Zaragoza marchad.

Vase

PEDRO: (De rayos de tu beldad   **Aparte**
            me espero ver coronado
            presto, Petronilla hermosa.

Vase

RAMÓN: (Agora, enemiga fiera,   **Aparte**
            verás si Ramón te hiciera
            con su mano venturosa.

Vase

CONDE: (Hijo, presto pienso hacerte,   **Aparte**
            Más que imaginas, dichoso.)

Vase

BERENGUEL: (¡Rabiando voy de celoso!)   **Aparte**

Vase

ZARATÁN: Huélgome que ya la muerte
            no me daréis tan resuelto;
            que por mal considerado,
            el león os ha humillado,
            y pollino os habéis vuelto.

Vase

SANCHO: (Preso va, Teresa hermosa,   **Aparte**
          el que volver vencedor
          te prometió. Tu favor
          contra la suerte forzosa
             poder, señora, no tiene;
          aunque por este camino
          mis intentos imagino
          que la Fortuna previene.
             Y tú, reina, pues he hecho
          cuanto pude, ya cumplí
          mi obligación; y si aquí
          resuelve callar mi pecho
             que es mi padre quien se opone
          aleve a tu majestad,
          sólo este error la lealtad
          a un hijo suyo perdone.)

FIN DEL SEGUNDO ACTO

ACTO TERCERO

Salen NUÑO y BERMUDO

NUÑO: Bermudo, ya que a mi imperio
Petronilla está sujeta,
con que en posesión quïeta
me juzgo de este hemisferio,
  importa que la ocasión
evite; que donde está
la paz tan tierna, podrá
causar nueva alteración,
  Del reino los poderosos
mi privanza solicitan,
y ya contra mí se irritan,
de lo que os quiero envidiosos.
  Vos solo sois mi privado;
que por la antigua experiencia
estoy de vuestra prudencia
y lealtad bien informado;
  y así, para que gocéis
de mis favores, de suerte
que de la envidia y la muerte
yo esté seguro, y lo estéis,
  de modo, Bermudo amigo,
hemos de vernos los dos,
que ninguno sino vos
sepa que priváis conmigo.
  Así se consigue el fin
que pretendo y pretendéis.
En vuestra casa tenéis,
si bien me acuerdo, un jardín
  tan retirado, que allí,
señalando puesto y hora,
se podrá hacer lo que agora
tratamos; que desde aquí

"

       en palacio ni de día
     ni de noche habéis de entrar
     porque no os pueda encontrar
     alguna envidiosa espía;
        pues la emulación no sabe
     reposar; para este fin
     me dad de vuestro jardín,
     Bermudo amigo, una llave,
        porque yo, en viendo dispuesta
     la ocasión y que no pasa
     gente, la goce.
BERMUDO: Mi casa
     toda, gran señor, con ésta,
        que es maestra, abrir podéis;

Dásela

     porque de toda no dudo
     daros llave, si en Bermudo
     la del corazón tenéis.
NUÑO: Bien pueden finezas mías
     a igual amor obligaros.
BERMUDO: ¿Qué días he de aguardaros?
NUÑO: Todos los festivos días
        queden aquí señalados
     para vernos.
BERMUDO: ¿A qué hora?
NUÑO: Cuando la estrellada autora
     de yerros enamorados
        haya hecho la mitad
     de su curso. Mas primero,
     como noble caballero,
     la fe y palabra me dad
        del secreto.
BERMUDO: Si el secreto
     mi provecho no mirara,
     el mandarlo vos bastara.
     Como quien soy lo prometo.
NUÑO: Pues adiós; que ya los dos

podemos dar, con hablar
tanto a solas, qué envidiar.
BERMUDO: ¡Mil años os guarde Dios!
       (Esto es ser rey, esto es dar   **Aparte**
de justo y prudente indicios,
pues sabe premiar servicios,
y quejas sabe evitar.)

Vase

NUÑO: Enemigo, así el efeto
la mentirosa privanza
le dispone a mi venganza
sin peligro y con secreto.

Salen don PEDRO, SANCHO y ZARATÁN

PEDRO: Poniendo en ejecución, s
eñor, vuestro mandamiento,
viene rendido y contento,
libre ya de la prisión,
       Sancho, a daros la obediencia.
SANCHO: Pues Petronilla os la dio,
a su ejemplo tengo yo
para lo mismo licencia.
       Los labios pongo en la planta,
con que vuestra Majestad
venza el mundo.
NUÑO: ¡Conde, alzad!
SANCHO: Vuestra mano me levanta
       con merced antes llegada
a alcanzar que a merecer,
para mostrar su poder
con hacer algo de nada.
NUÑO: En un valiente soldado
no hay desmerecido honor;
y aún no he premiado el valor
y lealtad que habéis mostrado

en defensa y en servicio
de mi sobrina; y así,
hace, aunque fue contra mi,
el cumplir con vuestro oficio
   que os quiera, estime y alabe;
que en la materia que digo,
sólo sabe ser amigo
quien ser enemigo sabe.

PEDRO: Ya, señor, que vuestra alteza
con tan pródigos favores
ostenta los resplandores
de su poder y grandeza
   a suplicaros me atrevo
que en lo que habéis prometido
los mostréis también.

NUÑO: No olvido
lo mucho, Azagra, que os debo.
   Presto veréis el efeto.

PEDRO: Y presto seré dichoso,
si merezco ser esposo
de tan divino sujeto.

NUÑO: Y porque empiece a premiar,
puesto que no satisfago
vuestros méritos, os hago
mi general de la mar.

PEDRO: ¡Mil años os guarde el cielo;
que este brazo, habéis de ver
que ofrece a vuestro poder
todo el imperio del suelo!

Vase don PEDRO

ZARATÁN: Por lo que de esta merced
como a crïado me toca,
pongo en vuestros pies mi boca;
que en este oficio creed
   que nadie saldrá mejor
que mi dueño de su empeño;
que es tan buen señor mi dueño,

que no parece señor.
   Mas yo, que tanto celebro
vuestra largueza y poder
¿hasta cuándo he de leer
el rétulo del celebro?
NUÑO: Piensa tú qué puedo darte
que convenga con tu estado.
ZARATÁN: Yo soy, señor, inclinado
más a Minerva que a Marte.
   Dame un gobierno, y verás
en Zaratán un Solón.
Y por si de mi opinión
poco satisfecho estás,
   oye; que te he de mostrar
cuánto alcanza mi capricho;
que en Zaragoza se ha dicho
que pretendes reformar
   leyes, costumbres y fueros,
y yo con este cuidado
estos puntos he pensado
que dar a tus consejeros.

Saca un papel y lee

"Primeramente, porque son los pleitos
peste de la quietud y las haciendas,
pague todas las costas el letrado
del que fuere en el pleito condenado;
pues temiendo con esto el proprio daño,
dará al principio el justo desengaño;
y las partes con esto, no teniendo
quien en causas injustas las defienda,
menos pleitos tendrán y más hacienda.
Ítem, porque las frutas cuando empiezan
se venden caras y después baratas,
esto se haga al revés, pues es tan cierto
que están al empezar verdes y duras,
y después sazonadas y maduras.
Ítem, porque haber pocos oficiales

mecánicos y pocos labradores
encarece las obras y labores,
no se admitan sus hijos al estudio
de letras, ni por ellas a las plazas
de jüeces; pues si llegase un hijo
de un despensero a serlo, es evidencia
que supuesto que es gato por herencia,
aunque esté del león puesto en la cumbre,
vuelve, en viendo el ratón, a su costumbre.
Ítem, que o no se prendan los que juegan,
o en los naipes se quite el dos de espadas,
porque tiene las gentes engañadas,
con lícencía del rey, publica; luego,
o quítenlo, o no prendan por el juego,
pues permites venderlos, y no ignoras que
no pueden servir los naipes de Horas.
Ítem, que no se impongan los tributos
en cosas a la vida necesarias,
mas sólo en las que fueren voluntarias,
en coches, guarniciones de vestidos,
en juegos, fiestas, bailes y paseos,
pues ninguno podrá llamar injusto
el tributo que paga por su gusto.
Ítem, su majestad venda las plazas
y oficios, pues habrá mil que las compren,
y llevar puede el precio con derecho
a quien da de una vez honra y provecho.
Ítem, que no destierren a las damas
de hombres casados, pues se irán tras ellas,
y tendrán sus mujeres, con su ausencia,
como dicen, tras cuernos penitencia.
Ítem, que no se ocupen los varones
en oficios que pueden las mujeres
ejercer; que un barbón que ser pudiera
soldado o labrador, no es bien que venda
hilo y seda sentado en una tienda.
Ítem, que cuando hay toros o otras fiestas,
los dueños de terrados los arrienden
abajo, porque arriba tiranizan
el precio, y les dan más que justo fuera

por no volver a andar tanta escalera.
Ítem, que a los que premias con oficios,
no aleguen el gozarlos por servicios,
pues al pedirlos, por merced los piden,
y no te han de obligar, pues se los diste,
con la misma merced que les hiciste.
Ítem, que pues por más que los persiguen,
nunca al fin se remedian los garitos,
como de naipes el estanco arriendas,
de gariteros los oficios vendas.
Ítem, porque no puede conseguirse
que no anden rebozadas las mujeres,
se tapen las rameras, pues con esto,
por su opinión, las otras, es muy cierto
que andarán con el rostro descubierto.
Ítem..."
NUÑO: Basta.
ZARATÁN: Sí, basta, si he mostrado
que soy para un gobierno acomodado.
NUÑO: Mil ducados te doy por los arbitrios.
ZARATÁN: ¡Vivas mil años! Voy por la libranza
para que firmes. El primero he sido
que por ser arbitrista ha enriquecido.

Vase

NUÑO: ¡Hijo, dame mil veces esos brazos;
que por gozarlos se abrasaba el pecho!
SANCHO: No menos deseaba yo estos lazos,
si bien la ley de la lealtad ha hecho
tan justa resistencia.
NUÑO: Todo ha sido
haber conmigo en opinión crecido.
Sabe que ya he trazado mi venganza;
en su mismo jardín he de dar muerte
a solas a Bermudo.
SANCHO: ¿De qué suerte?
NUÑO: Con esta llave, que me ha dado
él mismo para verle de noche con secreto;

que fingiendo que él solo es mi privado,
y quiero que lo encubra retirado
por no causar invidias, he dispuesto
vengar mi afrenta en su jardín, de suerte
que él solo sepa que le da la muerte
Nuño Aulaga en venganza de su agravio.
SANCHO: ¿Hete de acompañar?
NUÑO: De ningún modo;
antes, para evitar toda sospecha,
la noche que yo vaya a ejecutarlo,
a Petronilla has de asistir; y advierte
que te finjas con ella de mi suerte
y de la suya pesarosa. Empieza
a mostrarle afición; que hasta su alteza
de grado en grado pienso levantarte,
y con su mano su corona darte.

Vase

SANCHO: ¿Qué máquinas son éstas? ¿Qué combates,
temores, penas, dudas, confusiones?
¿Agora a tan constante amor te opones,
ciega ambición? ¿Agora de Teresa
quieres que olvide la adorada empresa?
Antes mi humilde estado lo impedía,
y agora, que mi dicha me levanta
a poder merecer belleza tanta,
¿tan nuevo pensamiento me divierte?
Mucho repugna a nuestra unión la suerte.
Mas no, Teresa, no; no hay más tesoro
ni reino que gozar el bien que adoro.
Tuyo he de ser. Mas ya el Amor me acusa
que no es tu fino amante el que no excusa
la muerte de tu padre. Mas se opone
respondiendo el honor que amor perdone.
Sólo muere el agravio en la venganza,
y el de mi padre con razón me alcanza.
Y pues has de ignorar que es padre mío
quien mata al tuyo, y cuando lo estorbara,

nada con tal fineza te obligara,
pues no puedes saberla, ¿qué me aflijo?
con ser amante cumplo y con ser hijo;
que ni a ti te está bien, si has de ser mía,
que a un hombre cuyo padre está afrentado,
la mano des antes de estar vengado.

Vase. Salen BERMUDO y TERESA

BERMUDO: ¿Qué fiera melancolía
            es ésta? ¿Qué sentimientos,
            afligen tus pensamientos,
            querida Teresa mía?
                ¿No me dirás la ocasión?
            Habla por tu vida. ¿A quién
            puedes descubrir más bien
            que a tu padre tu pasión?
TERESA: Señor, si el tormento mío
            otro remedio tuviera,
            si de mi mal estuviera
            la ocasión en mi albedrío,
                nada pudiera conmigo
            obligarme a declarar
            ni a decirte a mi pesar
            lo que con vergüenza digo.
                Desde el primero verdor
            de mi juventud, me inquieta
            con inclinación secreta
            de Sancho Aulaga el amor.
                No ser de mi calidad
            lo tuvo en justa opresión;
            que le debe esta atención
            tu sangre a mi ceguedad;
                mas hoy, que le miro honrado
            de un título, y que la fama
            Sancho el valiente le llama,
            y que del rey es privado,
                llega ya a ser elección
            la que inclinación ha sido,

y en mi pecho ha consentido
con el gusto la razón;
        y así...
BERMUDO: ¡Calla! ¿Puede ser
que así olvides que es tu padre
Bermudo, y que fue tu madre
señora de Mompeller?
    ¿Tú piensas que te he sacado
de palacio, aunque fingir
lo quise asi, por vivir
de su inquietud retirado?
    Pues no fue, no, la ocasión
ésa, sino haber sabido
que la reina ha consentido
de Sancho la pretensión.
    ¿Posible es que se te esconde
que es su ventura accidente,
y puede ser fácilmente
que ése que estimas por conde
    vuelva a su primer estado,
y aunque del rey es querido,
llores mañana abatido
al que hoy celebras privado?
    ¿No adora don Berenguel
tu hermosura? ¿No es galán?
¿Mil títulos no le dan
los del condado de Urgel?
    Pues, ¿qué locos pensamientos
te divierten? Vuelve en ti,
y lo que te he dicho aquí
mira con ojos atentos,
    sin otros inconvenientes
que no puedo declararte;
¡que, vive Dios, de matarte
primero que tal intentes!

                        Vase

TERESA: ¿Que me matarás primero

que tal intente? ¿Qué importa?
Ningún temor me reporta
de morir, pues de amor muero.
    ¿A qué muerte, a qué delito
no me expondrá mi impaciencia,
si en la misma resistencia
se enfurece el apetito?
    ¡Vive el cielo, que he de ser
tuya, Sancho! Mi albedrío
no es de mi padre, que es mío,
y yo tengo de escoger
    esposo, si al mundo pesa.
Valor tienes, y yo amor,
y armada de tu valor,
no teme al mundo Teresa.

Sale INÉS

INÉS: ¿Qué es esto, señora?
TERESA: Inés,
          justas impaciencias son,
          con que mi ciega pasión
          llega al extremo que ves.
              Toma el manto y busca luego
          a Sancho Aulaga el valiente.
          Dile que ya no consiente
          más dilación tanto fuego;
              que a verme esta noche venga
          por el jardín a las doce.
INÉS: Pues, ¿no adviertes...?
TERESA: Quien conoce
          que es loco Amor, no prevenga
              peligros. Pues cierta estás
          de lo que puede conmigo,
          parte al punto; haz lo que digo
          y no me preguntes más.

Vase

INÉS: Ésta es la misma ocasión,

Berenguel, que has deseado.
Liberal me has obligado
a ayudar tu pretensión.
    Pues de la noche asegura
la oscuridad nuestro intento,
logra de tu pensamiento
por engaño la ventura;
    que Bermudo mi señor
cuando llegase a entenderlo,
pienso que ha de agradecerlo;
que es de tu parte en tu amor.

Vase. Salen MOLINA y VERA, de noche

MOLINA: ¿Hasta cuándo hemos de ser
        estafermos de esta esquina?
VERA: Esto es merecer, Molina.
        El que sirve ha menester
            paciencia.
MOLINA: Vera, el estar
        cada noche aquí en espía
        hasta que nos echa el día
        sin fruto, ¿no ha de cansar
            a un mármol?
VERA: Don Berenguel
        se entiende.
MOLINA: Quizá no entiende.
        si él a Teresa pretende,
        y ella se muestra crüel,
            ¿qué sirven estos extremos?
        ¿Hala de obligar a amalle
        con que nosotros la calle
        toda la noche guardemos?

Sale ZARATÁN, desatacándose apríesa

ZARATÁN: ¡Ah, despensero! ¡Mal haya
        quien de Judas te ordenó!

MOLINA: ¿Quién va?
ZARATÁN: Quien se va.
MOLINA: ¿Quién?
ZARATÁN: Yo.
VERA: Aguarde.
ZARATÁN: Antes que me vaya,
            dejad que me vaya.
MOLINA: Espere,
            y ese enigma nos explique.
ZARATÁN: Luego vuelvo.
MOLINA: No replique.
ZARATÁN: Pues después, si el caso hediere,
            perdonen.
VERA: Acabe, diga.
ZARATÁN: Zaratán soy, un crïado
            de Pedro de Azagra. Ha dado
            su familia, que enemiga
              es siempre del despensero,
            en chupalle cierta bota
            de un oloroso candiota...
            ¡Dejadme por Dios, que muero!
MOLINA: Prosiga.
ZARATÁN: Supo tan bien
            probarlo el ladrón, que hinchó
            la bota, y al vino echó
            tal cantidad de hojasén,
              que cuantos de ella bebimos
            pagamos la reincidencia,
            y conoce en la correncia
            a los que en el hurto fuimos.
              Envióme mi señor
            a un recado; y el tal vino
            tanto ha obrado en el camino,
            que parezco medidor
              de tierras, pues mis calzones
            son testigos, que he dejado
            cuantas calles he pasado,
            señaladas de mojones.
              Y porque el recado aguarda,
            que yo llevo tan despacio,

Sancho el valiente en palacio,
que es esta noche de guarda
   del príncipe, a la estafeta
le dad licencia los dos,
o soltaré--¡vive Dios!--
la lazada a la agujeta.

MOLINA: Por Dios, que es entretenido.
VERA: Graciosamente ha contado
   su historia.

Sale BERENGUEL

BERENGUEL: Y yo me he alegrado,
   amigos, de haberle oído
      que es esta noche de guarda
   Sancho.
MOLINA: ¡Señor! ¿Pues oiste
   la plática?
BERENGUEL: Sí, y consiste
   la ventura que me aguarda,
      en eso. Llegad conmigo
   a la puerta del jardín
   de Teresa; que hoy el fin
   de mi esperanza consigo
      con un engaño que pudo
   negociar el interés
   con su camarera Inés,
   por cuyo medio no dudo
      que hoy he de tener venganza
   de su desdén y el favor
   de la banda, en que su amor
   a Sancho le dio esperanza.

Sale INÉS a una puerta

INÉS: ¿Es Berenguel?
BERENGUEL: ¿Es Inés?
INÉS: Yo soy; mas, ¿qué gente es ésa?
BERENGUEL: Si pueden, sin que Teresa
            lo entienda, entrar los que ves,
              personas de pecho son;
            y en cosas de tanto peso,
            para cualquiera suceso
            importa la prevención.
INÉS: Entren, más...

Vanse. Salen BERENGUEL, INÉS, MOLINA y VERA

INÉS: Quédense aquí
            tras esta hiedra escondidos.
BERENGUEL: Estad siempre apercebidos.
MOLINA: Morir sabremos por ti.

*Arrímanse MOLINA y VERA, y van andando por el teatro INÉS y
        BERENGUEL a obscuras y con recato*

INÉS: Teresa está en esta fuente.
            Logra de tu amor el fin,
            y no temas; que el jardin
            dista espacio suficiente
              de la casa, para dar
            seguridad a tu intento.

Sale TERESA

TERESA: (Abrasado pensamiento,   **Aparte**
            ya no es tiempo de dudar
              lo que habéis determinado
            con amor.)
INÉS: Aquí, señora,
            está el que tu pecho adora.

TERESA: ¡Sancho mío!
BERENGUEL: ¡Dueño amado!
TERESA: Todo esto sabe emprender
        quien tiene amor.
INÉS: ¡Oye, tente;
        que en el jardín siento gente!
TERESA: ¡Ay de mí! ¿Quién puede ser?
BERENGUEL: Pues mi valor te asegura,
        pierde el temor.
TERESA: Los oídos
        apliquemos escondidos
        de este nido en la espesura.

Arrímanse a un lado. Salen BERMUDO y NUÑO

NUÑO: ¿Estamos solos, Bermudo?
BERMUDO: Tan solos, que de esta fuente
        puede el raudal solamente
        romper el silencio mudo.
VERA: (Dos hombres son: ¿quién serán?) **Aparte**
MOLINA: (O son griegos de esta Troya,   **Aparte**
        o se mueven por tramoya
        las figuras de arrayán.)
BERMUDO: Aqui vuestra majestad
        puede asentarse.
NUÑO: Bermudo,
        asentaos.

*Siéntanse NUÑO y BERMUDO de suerte
que a sus espaldas estén TERESA, BERENGUEL e INÉS*

TERESA: (¿Qué caso pudo   **Aparte**
        causar tan gran novedad?
            El rey y mi padre son.)
INÉS: (En grande peligro estamos.)   **Aparte**
BERENGUEL: (Lo que platican oyamos   **Aparte**
        con silencio y atención.
NUÑO: Bermudo, ¿acaso tenéis

memoria de Nuño Aulaga?
BERMUDO: Sí, señor, y en lo de Fraga
    con vos se perdió.
NUÑO: ¿Sabéis
    el agravio que le hícistes
    con su mujer, don Bermudo,
    y que vengarse no pudo
    por el poder que tuvistes?
BERMUDO: ¡Señor!... (No sé qué recelo   **Aparte**
    me ha dado mi corazón.)
NUÑO: Bermudo, a ofensas que son
    cometidas contra el cielo,
      si el castigo se dilata,
    llega en la vida o la muerte.
    Yo no soy Alfonso el fuerte;
    Nuño Aulaga es el que os mata
      en venganza de su afrenta.

Saca la daga y vale a dar, y arrójanse sobre
él TERESA y BERENGUEL, y tiénenlo

TERESA: ¡Ah, traidor!
BERENGUEL: ¡Tente, traidor!
    ¡Molina! ¡Vera!

Llegan VERA y MOLINA

MOLINA: ¡Señor
BERMUDO: ¡Prendedle!

Atanlo

NUÑO: Aleves, ¿qué intenta
    contra el rey vuestra osadía?
BERENGUEL: ¡Todo lo habemos oído,
    Nuño Aulaga!

BERMUDO: ¡Rey fingido,
        llegó de tu muerte el día!
NUÑO: ¡Dádmela, ya que la suerte
        no me ha dejado vengar!
BERMUDO: ¡Tu vida pienso guardar
        a más afrentosa muerte!
          Mas, ¿quién es quien me ha librado
        de tal riesgo?
BERENGUEL: Berenguel.
TERESA: (¿Hay tal engaño?)   **Aparte**
BERENGUEL: Por él
          tu padre el cielo ha guardado
          Delito ha sido de amor,
        que quise más descubrir,
        Bermudo, que consentir
        que os diese muerte un traidor.
          Todo ha sido engaño mío;
        que Teresa está inocente.
BERMUDO: No es ocasión la presente
        de averiguarlo, y yo fío
          que satisfaréis mi honor.
MOLINA: Atado está ya de suerte
          que aunque fuese Hércules fuerte,
        no se librara el traidor.
BERMUDO: Quede por agora preso
        en mi casa.
NUÑO: ¡Ay, cielo santo!
BERMUDO: Llamad mi hijo, y en tanto
        que de este extraño suceso
          me parto con Berenguel
        a dar a su majestad
        cuenta, los dos os quedad
        con mi hijo en guarda de él.
VERA: Vamos.
BERMUDO: Entrad.
BERENGUEL: ¡Ay, Teresa,
        que gran ocasión perdí!

Vanse

NUÑO: (¡Hijo del alma, por ti   **Aparte**
            sólo de mi mal me pesa!

Llévanle

INÉS: (Aunque mi engaño ha importado   **Aparte**
            tanto, me quiero ausentar;
            que la soga ha de quebrar
            al fin por lo más delgado.

Vase

TERESA: ¿Qué es esto, cielo, qué es esto?
            ¿En qué tanto os ofendí,
            que de una vez contra mi
            del todo os habéis opuesto?
            Aquí de mi estado honesto
            he perdido la opinión,
            aquí perdió mi afición
            de Sancho ya la esperanza,
            pues tan infame mudanza
            pone su padre en prisión.
                Aquí se ha opuesto a mi amor
            la obligación y el decoro,
            pues mi padre es del que adoro
            el enemigo mayor.
            Hijo es Sancho de un traidor.
            Perdíle, y perdí con él
            la opinión, y a Berenguel,
            que ha visto mi liviandad.
            ¡Cielo, la muerte me dad,
            y seréis menos crüel!

Vase. Sale PEDRO Ruiz

PEDRO: ¿Posible es que Nuño Aulaga

tanto me pudo engañar?
Ya, ¿qué medio puedo hallar
que a la reina satisfaga?
    Por cómplice ha de tenerme
del engaño. Estoy corrido,
y en mi intento me he perdido,
con lo que pensé valerme.
    Si antes de esto endurecida
se mostraba a mi deseo,
¿qué espero cuando la veo
reina ya y de mí ofendida?
    A Murcia me he de pasar,
pues me convida el rey moro
con sumas de plata y oro,
y aquí no hay ya qué esperar
    sino agravios y venganzas.

Sale SANCHO

SANCHO: ¿Qué esperáis con esta vida,
             Fortuna, de mí ofendida?
             ¿Qué quieren vuestras mudanzas
                 a quien le cansa el vivir?
PEDRO: Sancho, amigo, ¿adónde vais?
SANCHO: ¡Ay de mí! ¿Qué preguntáis
             a un desdichado? A morir,
                 a morir infamemente,
             pues me dan padre traidor.
PEDRO: ¿Agora os falta el valor?
SANCHO: ¿Quién es fuerte, quién prudente
                 en caso tan desdichado?
PEDRO: No menos que vos lo siento,
             pues en su alevoso intento
             quedo también indiciado
                 de cómplice; y así, quiero
             pasarme a Murcia. Conmigo
             os venid, Aulaga amigo;
             que este brazo y este acero
                 ofrezco en vuestra defensa.

(Si a Murcia le llevo, fío   **Aparte**
que con su valor y el mío,
de tu desdén y mi ofensa,
  reina, me veré vengado.
A esto solamente aspiro.)
SANCHO: Por todas partes me miro
de inconvenientes cercado.
  (¡Ay, grandeza! ¡Ay, opinión **Aparte**
¡Ay, padre! ¡Ay, Teresa mía!
Todo lo pierdo en un día.
Mas, ¿cómo de tu afición
  me acuerdo, ingrata, crüel,
y en medio de tantas penas
a más dolor me condenas?
¡Que en el jardín Berenguel
  tus brazos entró a gozar!)

Sale ZARATÁN

ZARATÁN: ¿Qué haces aquí tan de espacio,
Sancho Aulaga? Que en palacio
se acaba de publicar
  la sentencia en que ha mandado
la junta al punto prenderte,
y al preso a afrentosa muerte
de horca vil han condenado.
SANCHO: ¿Qué dices?
ZARATÁN: Si no confías
que digo verdad en esto,
con las campanillas presto
lo dirán las cofadrías.
SANCHO: ¿Qué paciencia, qué valor
basta a combates tan fieros?
Los señores consejeros,
ya que al preso por traidor
  a la muerte han condenado,
para que en horca no fuera,
¿no repararán siquiera
que por padre me le han dado,
  aunque en ello el mundo miente?

  ¿No advirtieran que me llama
por mis hazañas la fama,
con razón, Sancho el valiente?
  Azagra, mi pecho intenta
vuestro consejo seguir.
A Murcia vamos a huír
tanto agravio, tanta afrenta;
  mas primero he de emprender
dos cosas con vuestro amparo,
pues con él, amigo, es claro
que no se me han de atrever.
PEDRO: En todo estad satisfecho
que a ese lado me tendréis.
SANCHO: Venid conmigo, y sabréis
lo que emprende un noble pecho.

Vanse

ZARATÁN: Mosca lleva; y aun yo he echado
también un lance gentil,
pues la merced de los mil
con esto en cierne se ha helado.
  Mas hoy me llego a vengar
del traidor. ¿Qué será ver
al que rey vimos ayer,
hoy colgado pernear?
  ¡Extrañas cosas se ven!
Guarde Alfonso el verdadero,
no parezca; porque infiero
que lo colgaran también.

Vase. Sale NUÑO, con prisiones y un SECRETARIO, con un papel

SECRETARIO: Ésta es la sentencia; agora
resta no más advertiros
que tratéis de apercebiros;
que ha de ser dentro de un hora.

Vase

NUÑO: Esto es hecho, corazón;
éste es, al fin, el trofeo
de un vengativo deseo,
y una alevosa ambición.
   ¡Ay, hijo del alma mia!
¿Es posible que ha de hacerte
infame mi infame muerte,
sin honra mi alevosla?
   ¿No tuviera yo con qué
darme la muerte, primero
que ponga el verdugo fiero
sobre mi cerviz el pie?

Sale SANCHO

SANCHO: (Mostrad agora, valor,   **Aparte**
lo que el honor puede en mí.)
NUÑO: ¿Quién es?
SANCHO: (Ya estamos aquí.   **Aparte**
venza el honor al amor.)
   ¡Padre!
NUÑO: ¡Hijo de mi vida!
¿Tal peligro has emprendido?
SANCHO: La autoridad me ha valido,
en acción tan atrevida,
  de Azagra, y un despechado
no teme peligros, no.
Ya, padre, ya, ya llegó
al más miserable estado
  que ha podido nuestra suerte,
pues cómplice me publican
vuestro, y a vos os dedican
a la más infame muerte;
  y así, aunque ser he negado
vos Nuño, y que es testimonio
que inducidos del demonio

            mis émulos han trazado,
                he dicho, y a sustentarlo
            en el campo he de ofrecerme,
            es forzoso resolverme
            antes, padre, a remediarlo,
                que tan vil pena se llegue
            a ejecutar; pues si os llama
            Nuño y mi padre la fama,
            me infama, aunque yo lo niegue.
                Un hora de vida os resta,
            de afrenta una eternidad;
            con muerte oculta evitad
            infamia tan manifiesta.
                La ganancia es conocida;
            que no es honrado el que intenta
            no evitar siglos de afrenta
            por lograr puntos de vida;
                y no es bien que quien se llame
            mi padre, y rey de Aragón
            se vio, aguarde un vil pregón,
            espere un suplicio infame.
                Y asi, porque ha de agradaros
            este intento, según fío
            de vuestro valor, el mío
            viene sólo a presentaros
                este puñal. Vuestra mano
            redima su afrenta aquí,
            si no queréis darme a mí
            oficio tan inhumano.
    NUÑO: No pienses que ha de excusarlo;
            que a mí, para concluirlo,
            te anticipaste en decirlo;
            pero no en determinarlo.
    SANCHO: Agora sí que has mostrado
            que eres mi padre.
    NUÑO: Y tu pecho
            agora, con lo que ha hecho,
            muestra que yo te he engendrado.
                Tú has de ser ejecutor
            de mi muerte; que no quiero

quitar, si a mis manos muero,
esta gloria a tu valor.
    Pues queda así redimida
mi afrenta, celebre España
que dimos para esta hazaña,
el golpe tú, y yo la vida.
SANCHO: No, padre; pues que tenéis
valor en determinarlo,
teneldo en ejecutarlo
vos mismo; no me obliguéis
    a tan inhumana acción.
NUÑO: No tenéis que resistir;
que con vos he de partir
la gloria de esta facción;
    que la afrenta que en mi muerte
amenazaba a los dos,
en fama eterna yo y vos
trocaremos de esta suerte:
    yo, con quitarme la vida
la mano más valerosa,
pues hace la muerte honrosa
el valor del homicida;
    y vos con mostrar tan fuerte
pecho y heroico valor,
que le deis por vuestro honor
a vuestro padre la muerte.
SANCHO: ¡Señor!
NUÑO: No hay que replicar;
ya me ofende el resistir;
que, o aquí no he de morir,
o vos me habéis de matar.
    Esto os mando cuando muero,
y con esta manda os pago
cuanto os debo, pues os hago
de tal hazaña heredero.
SANCHO: Pues estás determinado,
yo te obedezco; y si aquí
también no me mato a mí,
sólo es por verte vengado.
NUÑO: Sí, hijo; pues de tu madre

la ofensa y la de Bermudo
vengar tu padre no pudo,
vive a vengar a tu padre
   y a ti. Pues se ha publicado
ya mi agravio, y ya te alcanza
la infamia, y a la venganza
quedas con esto obligado.
   Mas de los ministros ya
siento el rumor. El acero
mueve... El abrazo postrero,
hijo, y la muerte me da.

*Abrázanse, y SANCHO levanta el brazo como
para darle, y se entran*

SANCHO: Un tan honroso rigor
alma tiene de piedad;
que es generosa crueldad
la crueldad por el honor.

*Vanse. Salen la REINA, el CONDE de Urgel,
BERENGUEL, BERMUDO, don RAMÓN, el PRÍNCIPE, el
señor de MOMPELLER, TERESA y ACOMPAÑAMIENTO. La
REINA y el PRÍNCIPE se asientan en un trono; don
RAMÓN saca un pendón, y otros una corona y cetro en
una fuente*

REINA: Ya que el cielo ha permitido,
caballeros de Aragón,
que hayáis vuestra sinrazón
y mi razón conocido,
   hoy renuncia mi persona
en el príncipe, que eterno
goce con paz el gobierno,
el reino, cetro y corona.

Pónele corona y cetro

¡Viva Alfonso, en voz altiva
repetid, rey de Aragón!
Y tremolad su pendón.

RAMÓN: ¡Viva Alfonso!
TODOS: ¡Alfonso viva!

TEODORA: Generosa Petronilla,
rey Alfonso, cuya fama
por la espada y por la pluma
viva por edades largas,
hoy, que la fiesta del día
mercedes promete francas,
llega humilde a vuestros
pies doña Teodora de Lara.
Perdonad si a esto se atreve
la mujer de Nuño Aulaga;
que es atrevido el dolor,
loco el temor de la infamia.
No pido su vida, no;
que a tan injusta demanda
ni se atreve mi deseo,
ni se alienta mi esperanza;
sólo pido que atendiendo
a la opinión y a la fama
de su mujer, a quien honra
sangre ilustre de los Laras,
y a los servicios de un hijo,
cuya lealtad, cuyas armas
son espejo y son asombro
de gentes proprias y extrañas,
mudéis del castigo el modo
y del suplicio la infamia;

que ha de alcanzarme también,
no estando también culpada.

Salen PEDRO Ruíz y SANCHO

SANCHO: ¡Calla, repórtate, escucha;
que en vano querellas gastas,
pues ni es vivo ya el que lloras,
ni es el muerto Nuño Aulaga!
Reina Petronilla, Alfonso,
de quien Aragón aguarda
que al número de los días
se aventajen las hazañas,
yo soy Sancho Aulaga, yo
soy el que el Valiente llaman.
Hoy soy el mismo que he sido
en las edades pasadas.
Yo soy aquél que os he dado
más ciudades... Más batallas
que vasallos heredastes,
he vencido con mis armas.
Yo soy, reina, yo, no sé
cómo la memoria os falta,
el que en este lugar mismo,
viendo que os desamparaban
los que presentes me escuchan,
solo desnudé la espada,
y solo ofreci la vida
a defender vuestra causa.
Yo soy el que solo a todos,
cuando en el campo besaban
la mano al traidor, a voces
dije, "¡Mirad que os engaña;
que es un traidor, y no Alfonso!"
Y a no quitarme las armas
del lado mi propria gente,
entonces ya mi contraria,
si no pudiera venciendo,
muriendo al menos, mostrara

que os era leal yo solo
cuando todos os faltaban.
Yo soy el mismo que preso
desprecié sus ameilazas,
y hasta que vos se la distes,
la obediencia le negaba.
Pues, ¿por qué vuestro consejo
solo a mí prender me manda?
Si le mueve el presumirme
cómplice de su tirana
traición ser mi padre Nuño,
donde hay evidencias tantas
en mi favor, ¿no se borra
esa presunción liviana?
Mienten cuantos entendieren
que en mi lealtad cupo mancha;
y se engaña don Bermudo,
y don Berenguel se engaña,
en afirmar que el traidor
es mi padre, Nuño Aulaga;
y en decir que de Bermudo
pretendió tomar venganza,
porque con doña Teodora
le ofendió, también se engañan;
pues es claro que ni ser
pudo mi madre liviana,
ni ser traidor ni afrentado
el padre de Sancho Aulaga.
Y si bien yace a mis manos
difunto ya, porque basta
que, aunque engañada, le nombre
padre de Sancho la fama
para que así le impidiese
del vil suplicio la infamia;
a Bermudo, a Berenguel
y al mundo con esta espada
les probaré cuerpo a cuerpo
que han sido sus lenguas falsas.
Concededme campo, Alfonso,
y señalad la estacada,

pues no lo podéis negar,
según los fueros de España.
BERMUDO: Basta, Sancho, que no puedo
aceptar, por muchas causas,
el desafío que intentas,
pues quieren probar tus armas
pues ni el traidor fue tu padre
ni fue tu madre liviana,
y defiendo yo lo mismo;
y pues murió Nuño Aulaga
con que del justo silencio
que mientras vivió casada
tu madre enfrenó mi lengua
por su honor, ya se desata.
Oye y sabe, y sepa el mundo,
que eres mi hijo. Palabra
le di esposo a Teodora,
y mereciendo gozarla,
ibas ya tú de dos meses
concebido en sus entrañas,
cuando yo, desvanecido
con el poder y privanza
que gozaba con Alfonso,
pude a callar obligarla
y a contentarse con ser
esposa de Nuño Aulaga.
Hallóme después con ella
Nuño una vez en su casa,
y creyendo injustamente
que Teodora le agraviaba,
que después que fue su esposo,
nunca a mis ardientes ansias
les dio el favor más pequeño,
sacó celoso la espada,
aunque sin fruto, y corrido
de no alcanzar su venganza,
se partió luego a la guerra;
y por ser su ausencia larga,
hasta el legítimo tiempo
le pudo ocultar la fama

el parto, y yo estos secretos,
por no ser cierto que en Fraga
muriese Nuño, hasta agora,
que su muerte y mi palabra,
tu valor y la opinión
de Teodora os desagravian,
legitimándote a ti
con casarme, pues es tanta
la fuerza del matrimonio,
que este privilegio alcanza.

TEODORA: Mostráis vuestra gran nobleza.
La mano os doy con el alma.

SANCHO: Y yo os la beso; que nadie
hiciera tan justa hazaña
sino quien mi padre fuera.

MOMPELLER: A tu hermano, Sancho, abraza.

TERESA: Y a quien perdiendo un amante,
un tan buen hermano alcanza.

BERMUDO: Éste era el inconveniente
que dije que te callaba,
Teresa, de ser tu esposo...
Y del favor de la banda,
hijo, te impedi por esto
que intentases la venganza.
Y vos, Berenguel, pues ya
entendido habéis la causa
porque os dije que a Teresa
y a su opinión no dañaban
los favores que le hacía
a Sancho, pues es su hermana,
cumplid vuestra obligación.

CONDE: Lo que debes, hijo, paga.

BERENGUEL: Teresa, hacedme dichoso.

TERESA: Yo soy la que en ello gana.

PRÍNCIPE: Yo, en albricias de que Sancho
ve su opinión restaurada,
le confirmo las mercedes
que le hizo Nuño Aulaga.

REINA: Y vos, Ramón, pues es día
en que obligaciones tantas

se cumplen, cumplid también
a Rica vuestra palabra;
que yo, pues goza mi hijo
el cetro ya, retirada
vivir quiero en un convento.
RAMÓN: Ello es justo, y tú lo mandas.
PEDRO: Y yo, señora, pues pierdo
tan merecida esperanza,
me parto donde echéis menos
a Pedro Ruiz de Azagra.
ZARATÁN: Y yo, pues soy tan dichoso,
que entre tantos no me casan,
daré fin a la comedia,
si dais perdón a las faltas
de esta verdadera historia
que el docto padre Mariana
apunta en el libro onceno
de los Anales de España.

FIN DE LA COMEDIA